KB060022

달과
불

달과 불

체사레 파베세 장편소설 | 김운찬 옮김

CESARE PAVESE

문학동네

C에게

무르익는 것이 중요해

차례

일러두기

1. 이 책은 다음의 원서를 번역한 것이다.
   Cesare Pavese, *La luna e i falò* (Torino: Einaudi, 1950).
2. 이 책에 실린 주는 모두 옮긴이의 것이다.

제1장

    내가 이 마을,* 카넬리나 바르바레스코, 또는 알바**가 아닌 바로 이곳으로 돌아온 것은 이유가 있다. 내가 여기서 태어나지 않았다는 건 거의 확실하다. 나는 내가 어디서 태어났는지 모른다. 이곳에는 집도 없으며 "나는 태어나기 전에 이러저러했다"고 말할 유골도 없고 땅 한 뙈기도 없다. 언덕인지 계곡인지 어디서 태어났는지 모르고, 아니면 숲속에서 태어났는지, 발코니가 있는 집에서 태어났는지 나로서는 알 길이 없다. 알바 성당 계단에 나를 버린 아가씨는 어쩌면 시골 출신이 아니라 어느 저택 주인의 딸이었을지

---

* paese. '고장' '지방' '나라'를 뜻함. 산토스테파노벨보Santo Stefano Belbo는 이 작품의 배경이자 파베세의 고향으로 벨보 강 인근 코무네comune, 즉 이탈리아 기초자치단체 구역이다. 우리나라의 면 규모로 현재 인구는 4000명이 조금 넘는다. 여기서는 주로 '마을'로 옮겼으나 '고향'의 이미지도 함축하고 있어 맥락에 따라 '고향'으로 옮긴 곳도 있다.

** 모두 산토스테파노벨보 인근 고장이며, 알바는 규모가 큰 도시다.

도 모른다. 아니면 몬티첼로, 네이베, 크라반차나*의 가난한 여자 둘이 포도 따는 광주리에 나를 담아왔을 수도 있다. 내가 어떤 육체로 만들어졌는지 그 누가 말해줄 수 있을까? 나는 충분히 세상을 떠돌았기 때문에 모든 육신이 훌륭하고 동등하다는 것을 알고 있다. 하지만 바로 그렇기 때문에 우리는 피곤을 느끼며 자신의 육신을 더욱 가치 있는 것으로 만들기 위해, 또 진부한 계절의 순환 이상으로 오래 지속시키기 위해 뿌리를 내려 땅과 고향을 만들려고 애를 쓴다.

이 마을에서 자란 것에 대해, 나는 비르질리아와 파드리노,** 이제는 이 세상에 없는 그분들께 감사한 마음을 품지 않을 수 없다. 물론 그분들이 날 데려다 키운 이유가, 설령 알레산드리아***에 있는 빈민구제원에서 매달 지급하는 양육비가 목적이었다고 해도 말이다. 사십 년 전 이곳 언덕에는 은전 한 닢을 구경하고 싶어서 자녀가 있으면서도 병원의 사생아를 맡아 기르는 저주받은 사람들이 있었다. 여자아이를 데려와 나중에 편안히 하녀로 부려먹으려는 사람까지 있었다. 비르질리아가 나를 데려가고 싶어했던 것은 딸이 벌써 둘이나 있었기 때문이었다. 내가 좀더 자라나면 더 큰 농가로 옮겨가서 함께 일을 하면서 잘살아보려고 했던 것이다. 당시 파드리노는 가미넬라 언덕에—방 두 칸과 마구간 하나가 딸린—오두막과 암염소와 개암나무밭을 소유하고 있었다. 나는 파드리

---

* 역시 산토스테파노벨보 주변에 있는 마을들이다.
** padrino. '대부' '교부'를 뜻함. 여기서는 새아버지 정도의 의미다. 파베세는 P를 대문자로 써서 인명처럼 쓰고 있다. 따라서 '파드리노'로 옮긴다.
*** Alessandria. 산토스테파노벨보 북동쪽의 큰 도시.

노의 딸들과 함께 자랐다. 우리는 서로 폴렌타*를 훔쳐 먹고 한 이불을 덮고 잠을 잤다. 큰딸 안졸리나는 나보다 한 살이 위였고, 비르질리아가 죽던 해 겨울, 그러니까 열 살이 됐을 때 내가 자신의 친동생이 아니라는 사실을 우연히 알게 되었다. 그해 겨울부터 사려 깊은 안졸리나는 동생들과 함께 강기슭이나 숲속으로 쏘다니길 그만두고 집안일을 돌보기 시작했다. 빵과 치즈를 만들고 면사무소에 가서 내 양육비를 받아왔다. 나는 줄리아 앞에서 그 오리라를 자랑하곤 했으며 누나에게는 누나는 아무런 벌이도 없지 않느냐고 했고 아버지에게는 왜 사생아들을 더 많이 데려오지 않느냐고 묻기도 했다.

그러다가 나는 우리가 가난한 사람들이라는 것을 깨닫게 되었다. 가난한 사람들만이 병원의 사생아를 부양했기 때문이다. 예전에는 학교 등굣길에서 아이들이 나를 사생아라고 놀려대도 그것이 가령 겁쟁이나 뜨내기나 다를 바 없는 별명이라 생각하고는 별로 대수롭지 않게 대꾸를 했었다. 다 큰 소년이 되어 면사무소에서 더는 양육비를 지불하지 않게 될 때까지, 나는 내가 비르질리아와 파드리노 두 사람의 아들이 아니라는 사실이, 내가 가미넬라에서 나지 않았다는 뜻이고 이부누이들처럼 개암나무 밑이나 우리집 암염소의 귀에서 솟아나지 않았다는 뜻이란 것을 명확하게 인식하지는 못했던 것이다.

지난해 처음으로 마을로 귀환했을 때, 나는 몰래 그 개암나무들을 보러 갔다. 가미넬라 언덕과 포도밭과 들판, 목초지가 끝없이

---

* polenta. 옥수수나 다른 곡물 가루를 죽처럼 끓인 이탈리아 요리.

이어지는 기다란 비탈들, 고개를 젖혀도 끝이 보이지 않을 만큼 아주 완만한, 그리고 그 끝에는 분명 다른 포도밭과 다른 숲과 다른 오솔길이 있을 터인 가미넬라 언덕들은, 헐벗은 채 황량한 겨울의 땅과 나무의 속살을 드러내고 있었다. 메마른 햇빛 속에서 우리들의 계곡이 끝나는 카넬리를 향해 점점 낮아지는 거대한 몸집의 언덕들이 선명하게 보였다. 나는 벨보 강*을 따라 이어진 오솔길을 걸어 조그마한 다리 난간과 갈대밭에 이르렀다. 강둑 너머 검게 그을린 큰 돌로 지은 오두막 외벽들과 텅 빈 작은 창문들을 보자 끔찍했던 그 겨울들이 떠올랐다. 하지만 주변의 나무들과 땅은 예전 같지 않아서 개암나무들은 사라졌고 옥수수밭에는 그루터기들만 남아 있었다. 마구간에서 황소가 울고 저녁 추위 속에서 거름 냄새가 풍겨왔다. 그러니까 지금 오두막에 사는 사람은 더는 우리 같은 거지가 아니었다. 나는 늘 그 비슷한 것을 기대했고 어쩌면 오두막이 무너졌을지도 모른다고 상상했다. 다리 모퉁이에서 수많은 것들을 떠올리며 되물었다. 도대체 어떻게 저 구멍에서 그 긴 세월을 살았을까. 어떻게 저 몇 개의 오솔길에서 암염소에게 풀을 먹이고 강변 바닥으로 굴러간 사과를 찾았을까. 어떻게 벨보 강 위로 난 가파른 길모퉁이에서 세상이 끝난다고 확신했을까. 하지만 개암나무들이 없어지리라고는 꿈에도 생각지 못했다. 그건 모든 것이 끝난다는 의미였으니까. 전혀 뜻밖의 일이라 나는 너무 실망해 사람을 찾지도 마당에 들어가지도 않았다. 그 순간 어느 한 장소에서

---

* 벨보 강은 피에몬테 지방과 리구리아 지방 접경의 산악지역에서 발원해 북서쪽으로 흘러가 타나로 강과 합류하고, 타나로 강은 다시 이탈리아 최대의 강인 포 강과 합류한다.

태어나지 않았다는 것이, 경작지 변화가 중요하지 않을 정도로 그곳을 핏속에 갖고 있지 않다는 것이, 노인들과 함께 그곳에 이미 반쯤은 묻혀 있지 않다는 것이 무엇을 뜻하는지 갑자기 알 것만 같았다. 물론 언덕 어딘가에 여전히 남아 있을 개암나무들을 다시 찾아볼 수도 있었으리라. 내가 그 강가의 땅 주인이었더라도 나무를 베어내고 곡식을 심었을 것이다. 그럼에도 그 모습은 하루를 머물렀든 몇 년을 머물렀든 이사를 나갈 때 보았던 도시의 그 빈 방들, 방치된 채 죽어 있는 껍데기에 지나지 않던 그 방과 똑같은 인상을 주었다.

다행히도 그날 저녁 가미넬라 언덕을 등지고 서자, 벨보 강 건너 살토 언덕이, 그 끝을 향해 사라지는 널따란 풀밭들과 등성이와 함께 시야에 들어왔다. 더 아래쪽으로 살토 언덕 역시 강변까지 온통 헐벗은 포도밭이 펼쳐져 있었는데, 나무들, 오솔길들, 흩어진 농가들은 오두막 뒤 울타리나 다리 난간에 앉아 몇 년간 매일 바라보던 그 모습 그대로였다. 그 이후 군대에 가기 전까지 몇 년간 줄곧, 파드리노가 가미넬라의 오두막을 팔고 딸들을 데리고 코사노*로 떠나고, 내가 벨보 강 건너 기름진 들판의 모라 농장에서 하인으로 일하고 있던 그 몇 년 동안 계속해서, 밭에서 눈만 들면 하늘 아래 이곳의 포도밭들이 철로로 점점 낮아지면서 살토의 포도밭과 카넬리를 향하여 뻗어나가는 것이 보였고, 아침저녁으로 벨보 강을 따라 달려가던 기차의 기적소리를 들으면서, 나는 경이로운 세상들과 수많은 기차역들과 도시들을 그려보고는 했다.

---

* 산토스테파노벨보 남쪽에 있는 마을.

그렇게 나는 오랫동안 내가 태어나지도 않은 이 마을이 세상 전부라고 믿었었다. 이제 정말로 세상을 보았고, 세상이 수많은 작은 마을들로 이루어져 있다는 걸 알지만 어릴 적 생각이 그렇게 완전히 틀린 것인지는 모르겠다. 사람들은 땅으로 바다로 돌아다닌다. 마치 옛날 젊은이들이 이웃 마을 축제에 가서 춤추고 술 마시고 싸우고 망가진 주먹과 깃발을 들고 집으로 돌아오듯이. 포도를 수확하면 카넬리에 가서 팔고 송로버섯을 따면 알바로 가져갔다. 살토에는 나의 친구 누토*가 있고, 그는 카모**까지 이르는 모든 골짜기에 나무통과 압착기를 조달한다. 그것은 무엇을 뜻하는가? 고향마을은 최소한 거기서 떠나고 싶다는 욕망을 위해서라도 필요하다는 것을 의미한다. 또 고향은 외롭지 않다는 뜻이며, 사람들과 나무들 속에, 땅속에 무언가가 남아 있어, 당신이 없는 동안에도 당신을 기다린다는 뜻이다. 하지만 그곳에 평화롭게 머물기란 쉽지가 않다. 지난해부터 나는 기회를 잘 살피다가 짬이 날 때마다 제노바***를 떠나 그곳으로 달려갔지만, 그곳은 늘 내 손에서 빠져나갔다. 이런 것들을 우리는 세월이 흐르면서 경험과 함께 이해하게 된다. 이제 마흔 살, 온 세상을 둘러보았는데 아직도 어떻게 제 고향이 무언지 모를 수 있겠는가.

---

* 파베세가 산토스테파노벨보에 살던 시절의 절친한 친구인 피놀로 스칼리오네Pinolo Scaglione(1900-1990)를 암시한다. 과거에 악단을 이끌고 이웃 마을의 축제에서 클라리넷을 연주하던 그는 이제 가업을 이어받아 목수로 일을 한다. 『피곤한 노동』에 실린 시 「종이 담배를 피우는 사람들」에서도 언급된다.
** 산토스테파노벨보 남서쪽의 인근 마을.
*** 항구도시 제노바는 산토스테파노벨보에서 동남쪽으로 100킬로미터 정도 떨어져 있다.

나를 당황하게 하는 일들이 있다. 모두들 내가 집을 사러 돌아왔다고 생각하고, 나를 '아메리카노'라고, 미국인이라고 부르며 자기네 딸을 인사시킨다는 것이다. 이름도 얻지 못한 채 떠났던 사람에게는 분명 기분 좋은 일이고, 실제로 나는 기분이 좋다. 하지만 그게 전부는 아니다. 나는 제노바도 좋아하고, 세상이 둥글다는 걸 알아가는 것도 좋아하고, 선교船橋에 발을 한 발짝 내딛는 것도 좋아한다. 어릴 적에 모라 농장 문가에서 삽을 옆구리에 기댄 채 지나가는 행인의 잡담을 하릴없이 엿듣던 그때부터 카넬리의 작은 언덕들은 세상의 문이었다. 반면 살토 마을을 떠난 적 없는 누토는 말한다. 이 골짜기에서 살려면 절대로 이곳을 떠나지 말아야 해. 그렇게 말하는 그도 사실은 젊은 시절 악단을 끌고 제 발로 카넬리 너머의 스피뇨까지, 오바다까지,* 해가 뜨는 곳까지 가서 클라리넷을 불다 오곤 했다. 우리가 가끔 그 시절 이야기를 나눌 때면, 그는 아무 말 없이 그냥 웃는다.

---

* 산토스테파노벨보에서 동남쪽으로 상당히 멀리 떨어진 고장이다.

제2장

　이번 여름, 나는 마을 광장에 있는 안젤로 여관에 묵었고, 크고 살이 쪄서인지 나를 알아보는 이는 아무도 없었다. 나 또한 마을의 누구도 알지 못했다. 어릴 적 고향마을에는 드물게 다녀올 뿐, 주로 길가와 강변과 마당에서 지냈으니까. 마을이 계곡의 훨씬 위쪽에 있어, 벨보의 강물은 성당 앞을 지난 뒤 삼십 분쯤 지나야 우리 언덕 기슭에서 넓어진다.

　보름가량 쉬러 이곳에 왔을 때, 이곳은 때마침 8월 성모축일*이었다. 차라리 잘된 일이었다. 이방인들이 오가고 광장의 왁자한 혼란과 소란으로 검둥이조차 눈에 띄지 않을 테니. 외치고 노래하고 공놀이하는 소리가 가득하다가 날이 저물고 나면 불꽃놀이, 폭죽소리가 들려왔고 사람들은 술을 마시고 웃음을 터뜨리며 행진

---

* 8월 15일의 성모승천 대축일을 말한다.

을 했다. 사흘 내내 밤새 광장에서는 무도회가 열리고 자동차 소음, 나팔 소리, 공기총 소리도 들렸다. 옛날과 똑같은 소음, 똑같은 포도주, 똑같은 얼굴이었다. 사람들 다리 사이로 뛰어가는 아이들도 똑같았고 커다란 손수건, 한데 묶어놓은 황소들, 향수와 땀내, 여자들의 그을린 다리를 감싼 스타킹도 그대로였다. 환희와 비애, 벨보 강변에서 이뤄지는 약속까지도. 꼭 옛날로 되돌아간 것만 같았다. 언젠가 나는 첫 봉급으로 받은 돈 몇 푼을 손에 쥐고 축제에 가서 표적 맞히기, 그네 게임에 뛰어들었었다. 우리는 머리를 땋은 아가씨들을 울리기도 했는데, 도대체 왜 남자와 여자가, 포마드를 바른 청년들과 오만한 숙녀들이 서로 뒤섞이고 붙잡고 마주보며 웃고 함께 춤추는지, 우리 중 누구도 알지 못하던 때였다. 이제는 알지만 그 시절은 지나갔다. 막 그런 걸 깨달을 무렵 나는 이 골짜기를 떠났다. 누토는 남았다. 살토의 목수 누토, 처음으로 카넬리까지 달아났을 때 나의 공모자였던 누토는 그후 십 년 동안 골짜기의 허다한 축제와 무도회에서 클라리넷을 불었다. 그 십 년 동안 그에게 세상은 계속되는 축제였고, 그는 마을의 온갖 술꾼과 재주꾼을 만나고 즐거움을 누렸다.

지난해부터 마을에 올 때마다 나는 그를 만났다. 살토의 언덕 중턱에 자리한 그의 집은 널찍한 도롯가에 있었다. 그 집에서는 신선한 나무 냄새, 꽃 냄새, 대팻밥 냄새가 났다. 모라 농장에서 처음 일할 때 오두막과 농장 마당에서 빠져나와 찾아오던 이곳은 별천지 같은 느낌이었다. 길의 냄새, 음악가들의 냄새, 전혀 본 적 없는 카넬리 저택들의 냄새가 났기 때문이다.

이제는 다 큰 어른이 되어 결혼도 한 누토는 자신이 직접 일을 했으며, 남에게 일을 시키기도 했다. 여전히 똑같은 자리에 있는 그의 집에서는 햇살을 받은 제라늄의 향기와 서양협죽도의 향기가 풍겼고, 창문과 집 전면에는 냄비들이 놓여 있었다. 클라리넷은 옷장 안에 걸려 있었고, 사람들은 모두 대팻밥을 밟고 걸어다녔으며, 이 대팻밥을 바구니에 담아서, 살토 아래쪽 기슭 아카시아 나무, 쇠뜨기풀, 오리나무밭이 펼쳐져 있는, 여름철이면 항상 말라 있는 경사면에 내다버렸다.

누토는 목수와 음악가 둘 중 하나를 선택을 해야 했고, 그래서 십 년간 축제를 돌아다니고 난 후, 아버지가 돌아가시고 난 이후에는 클라리넷을 옷장 안에 걸어두게 되었다고 했다. 내가 어디서 지냈는지를 이야기하자, 그는 제노바 사람들에게 전해 들어서 그곳에 대해 이미 조금은 알고 있다고 말했다. 마을에서는 내가 떠나기 전에 다리 밑에서 황금 냄비를 주웠다는 이야기가 돌았다고도 전해주었다. 우리는 웃었다. 나는 말했다. "이쯤이면 내 아버지까지 튀어나오겠군."

"네 아버지는 너잖아." 그가 대꾸했다.

"미국의 멋진 점은 모두가 사생아라는 거지." 내가 말했다.

"그것도 해결되어야 할 문제야. 무엇 때문에 이름도 없고 집도 없는 사람이 있어야 하지? 우리 모두 똑같은 사람 아니니?" 누토는 말했다.

"아무려면 어때. 나는 이름 없이도 해냈잖아."

"너는 해냈지." 누토가 말했다. "지금은 누구도 그 문제를 두고 감히 너에게 말을 꺼내지는 않지만. 하지만 해내지 못한 사람들은 어쩌겠니? 아직도 이 언덕에 불쌍한 사람이 얼마나 많은지 너는 몰라. 내가 악단 사람들과 돌아다니던 시절에 부엌 앞에는 어디나 멍청이, 바보, 어린 모험가가 있었어. 알코올중독자나 무지한 하녀의 아이들이 있었고, 배추뿌리나 과일껍질로 살아가는 사람도 있었지. 그들을 조롱하는 이도 물론 있었고 말이야. 하지만 너는 해냈지. 좋든 나쁘든 가정을 찾았고, 파드리노 집에서 초라하게 먹었지만 어쨌든 먹었고, '사람은 으레 해낸다!'라는 식으로 말하면 안 돼. 그들을 도와야 해."

나는 누토와 이야기하는 게 좋다. 이제 우리는 어른이고 서로를 이해하니까. 하지만 예전에 모라 농장에서 일하던 시절, 나보다 세 살 많은 그는 그때 이미 휘파람을 불고 기타도 칠 줄도 알았다. 사람들은 조언을 들으러 그를 찾아오기도 했다. 그는 어른들이나 우리 소년들과 이야기를 나누었고, 여자들에게는 눈을 찡긋 해보이곤 했다. 나는 그때 이미 그를 쫓아다니면서 때로는 밭에서 도망쳐 같이 강변을 내달리거나 벨보 강에서 미역을 감았고 새둥지를 찾아 싸돌아다니기도 했다.

지금 그는 음악가 시절의 생활을 이야기한다. 그가 가본 고장은 모두 인근 지역으로, 낮이면 햇살 아래 밝게 빛나고 숲이 우거진 곳, 밤이면 컴컴한 하늘 아래 별들의 보금자리가 되는 곳이었다. 토요일 저녁마다 역사驛舍에서 연습시키던 악단 동료들을 데리고 마을로 가서 가볍고 경쾌한 걸음으로 한달음에 축제에 도착했다. 그러면 이삼 일가량은 눈도 붙이지 못하고 입도 다물지 못했다― 클라리넷을 떼면 포도주 잔을, 포도주 잔을 떼면 포크를 갖다댔고, 그러다 다시 클라리넷, 코넷, 트럼펫을 갖다댔고, 다시 먹고, 다시 마시고, 솔로로 연주하고 그다음은 간식, 저녁, 그렇게 아침까지 밤을 꼬박 새웠다. 축제, 행렬, 결혼식이 있었고, 경쟁 악단과의 연주대회도 있었다. 이튿날이나 사흘째 날 아침, 퀭한 눈으로 무대에서 내려와 양동이 물에 얼굴을 처박거나 초원의 풀밭에 선 마차나 수레, 말똥이나 소똥으로 만든 거름더미에 몸을 던지면 그렇게 즐거울 수가 없었다. "돈은 누가 댔어?" 내가 물었다. 면사무소나 여러 가문들, 야망 있는 사람들 모두가. 그리고 항상 같은 사람들이 와서 먹었다고 그는 말했다.

무엇을 먹었는지도 들어볼 만했다. 모라 농장에서 떠들어대던 만찬, 다른 시대, 다른 나라의 만찬이 머릿속에 떠올랐다. 하지만 음식은 매양 같았고, 그 음식명을 듣노라니 모라 농장 부엌에 들어서서 여자들이 가루를 빻고 반죽하고 속을 채우고 뚜껑을 열고 불 피우는 모습이 보이는 듯했고, 입안에서 그 맛이 되살아나고 마른 포도덩굴 부러지는 소리가 들리는 듯했다.

"너는 그런 일을 미치도록 좋아했잖아. 그런데 왜 그만뒀어? 아버지가 돌아가셔서?" 내가 물었다.

그러자 누토는 무엇보다 음악을 연주하게 되면, 집에 가져가는 것이 거의 없었다고 말했다. 게다가 그렇게 인생을 탕진하는 것이나, 누가 돈을 줄지 모르는 것이 결국 지겨워졌노라고 했다. "그러고는 전쟁이 터졌지. 아마 아가씨들은 여전히 다리가 근질근질했겠지만 누가 춤추게 해줄 생각이나 했겠어? 전쟁 동안 사람들은 다른 방식으로 즐겼거든."

"어쨌든 나는 음악이 좋아." 누토는 생각을 곱씹으면서 말을 이었다. "다만 그것이 나쁜 주인이라는 것이 문제지…… 악습이 될 테니까 그만둬야 한다, 차라리 여자한테 빠지는 게 더 낫다, 아버지는 그렇게 말씀하셨어……"

"그래서 여자들과는 잘됐어? 전에는 좋았잖아. 여자는 춤추는 데라면 어디든 있고."

누토는 진지할 때도 휘파람을 불며 지그시 웃는 버릇이 있었다.

"설마 알레산드리아의 고아원에 물건이라도 댄 건 아니지?"

"그렇지 않았길 바랄 뿐이지." 그는 말했다. "너처럼 불쌍한 녀석들이 얼마나 많은데!"

그러고는 그는 둘 중 음악가가 더 좋았다고 했다. 악단이 꾸려지면―가끔 있는 일이긴 하지만―밤늦게 돌아왔다고, 코넷과 만돌린을 연주하고 또 연주했다고. 집에서, 여자들에게서, 좋아서 미친 듯 날뛰는 개한테서 멀찍이 떨어져 어둠 내린 큰길가에서 줄창 연주를 했다고. 그러면서 말했다. "세레나데는 연주한 적 없어. 아가씨가 아름답다면 말이야, 그녀가 찾는 건 음악이 아니거든, 친구들 앞에서 우쭐거릴 만한 것을 찾고 남자를 찾는 거지. 음악이 무언지 아는 아가씨는 본 적 없거든."

누토는 내가 웃는 것을 깨닫고 곧장 말을 이었다. "이야기 하나 해줄게. 알보레토라는 음악가가 있었어. 튜바를 불었지. 그가 애인한테 세레나데를 얼마나 많이 들려주던지 이렇게 말할 정도였지. 저 둘은 말이 아니라 서로 연주를 하고 있어."

우리는 길가에서 혹은 창가에서 포도주를 한 잔씩 나눠 마시며 대화를 나누었다. 발밑에는 벨보 강의 평지와 강줄기를 표시하는 포플러나무들이 있었고, 앞에는 온통 포도밭과 언덕 기슭까지 나무들로 가득한 큼지막한 가미넬라 언덕이 보였다. 이렇게 포도주를 마시지 못하고 지낸 것이 얼마나 되었는지!

나는 누토에게 말했다. "콜라가 땅을 팔 생각이라고, 내가 말했었나?"

"땅만? 조심해. 너한테 침대까지 같이 팔아먹을지 몰라." 그가 대꾸했다.

"밀짚 침대, 아니면 깃털 침대? 이제 나도 늙었다고." 나는 어물어물 말끝을 흐렸다.

"깃털은 다 밀짚이 되지." 누토는 말했다. 그러고서 덧붙였다. "모라 농장에는 가봤어?"

사실 가보지 않았다. 살토에 있는 누토의 집에서 엎어지면 코 닿을 거리인데도 가지 않았다. 주인과 딸들, 소년들, 하인들 모두 흩어지거나 사라졌고, 누구는 죽었고 누구는 멀리 떠났다는 것을 나는 알고 있었다. 단지 니콜레토, 발을 구르면서 나한테 사생아라고 수없이 외쳐대던 그 멍청이 조카만이 남아 있었고, 그 집 재산의 절반은 팔리고 말았다.

나는 말했다. "가봐야지. 이제 막 왔으니까."

제3장

음악가 누토에 대해서는 심지어 미국에 있을 때도 생생한 소식을 들었다. 몇 년 전이었던가? 아직 돌아갈 생각을 하지 않았을 때였고, 철도원 무리를 떠나 역에서 역을 거쳐 캘리포니아에 도착한 나는, 햇살 아래 빛나는 긴 언덕들을 바라보며 중얼거렸다. "이제 집에 왔군." 미국도 바다에서 끝났고, 이번에는 다시 배를 탈 필요가 없었기에, 나 역시 소나무와 포도밭 사이에서 멈추었다. 그러고서 혼잣말을 했다. "내가 괭이를 들고 있는 것을 보면 고향 사람들이 웃겠지." 어쨌든 캘리포니아에서는 괭이질을 하지 않는다. 그보다는 정원사 일을 하는 것 같다. 거기서 나는 피에몬테 사람을 만나고 짜증이 났다. 나와 똑같은 사람을 보기 위해, 더구나 나를 달갑지 않은 눈으로 쳐다보는 사람을 보기 위해 그 많은 세상을 거쳐올 이유는 없지 않은가. 나는 그곳에서 밭일을 벗어났으며 오클랜드의 우유 판매원이 되었다. 저녁이면 작은 물굽이 해변을 가로

지르는 샌프란시스코의 불빛들이 보였다. 나는 샌프란시스코로 갔고 한 달 동안 굶주렸으며 그 감옥 같은 곳에서 나올 쯤에는 중국인들이 부러울 지경이었다. 평범한 사람을 만나기 위해 세상을 거쳐서 올 가치가 있었는지 스스로에게 물었다. 나는 다시 언덕으로 돌아갔다.

얼마간 나는 거기서 살면서 한 아가씨와 알고 지내게 되었는데, 그녀가 엘세리토의 도로변에 있는 식당에서 같이 일하게 된 뒤부터는 그녀를 좋아하지 않게 되었다. 그녀는 나를 만나러 식당에 왔다가 결국 계산원으로 채용되었고, 내가 기름을 튀기고 잔을 채우는 동안 테이블 너머로 온종일 나를 쳐다보고 있었다. 저녁에 내가 퇴근을 해서 나가면 그녀는 하이힐로 아스팔트 위를 달려서 따라와 내 팔짱을 꼈고 히치하이크를 해서 바닷가나 영화관에 가고 싶다고 했다. 식당 불빛으로부터 멀리 벗어나기만 하면, 별들 아래 귀뚜라미들과 두꺼비들의 시끄러운 울음소리에 둘러싸인 채 우리 둘만 남아 있었다. 나는 그녀를 들판으로, 사과나무들 사이로, 숲 속으로, 언덕 등성이의 짧게 자란 풀밭으로 데려가 땅에 그녀를 쓰러뜨리고, 별들 아래 울리는 온갖 소음에 욕망을 맡기고 싶었다. 하지만 그녀는 그런 것을 알려 하지 않았다. 여자들이 으레 그러듯 비명을 질렀고 다른 식당에 가자고 했다. 그녀는 자신을 만지는 것을 허락하기 전에 — 오클랜드의 어느 골목에 우리 방이 있었는데 — 취하고 싶어했다.

그러던 어느 날 밤 누토의 소식을 들었다. 부비오*에서 온 남자

---

* Bubbio. 산토스페파노벨보 동남쪽 마을이다.

한테서. 나는 그가 입을 열기도 전에, 키와 걸음걸이로 그가 어떤 사람인지 알 수 있었다. 목재 운반 트럭을 몰고 온 그는 내가 밖에서 주유를 하자 맥주 한 잔을 청했다.

"한 병을 마시는 편이 나을 텐데요." 나는 입술을 다문 채 사투리로 말했다.

그는 웃음기를 띤 눈으로 나를 보았다. 바깥의 자동차 경적이 사라질 때까지 밤새 우리는 이야기를 나눴다. 노라는 계산대에서 귀를 세우고 초조해했지만 어차피 그녀는 알레산드리아를 본 적도 없고 아무것도 알지 못했다. 나는 그에게 밀주 위스키까지 한 잔 따라주었다. 그는 고향에서 운전사였다면서 자신이 가본 고장들 이야기를 했고 왜 미국에 왔는지도 알려주었다. "하지만 이런걸 마신다는 사실을 알았다면…… 물론 몸을 덥혀주긴 하지만, 그래도 멋진 포도주는 없잖아요……"

"전혀 없지요. 꼭 달나라 같아요." 내가 말했다.

짜증이 난 노라는 혼자 머리를 매만졌고 의자에서 몸을 돌려 라디오를 켜 춤곡을 틀었다. 그 친구는 어깨를 으쓱하더니 계산대 위로 몸을 숙이고는 손으로 뒤쪽을 가리켰다. "저런 여자가 맘에 들어요?"

나는 걸레로 계산대를 닦았다. 그러고서 답했다. "우리가 죄인이죠. 이곳은 저들 나라예요."

그는 묵묵히 라디오의 음악을 듣고 있었다. 흐르는 그 음악소리 아래로, 내 귀에는, 두꺼비들의 울음소리가 들려왔다. 노라는 몸을 곧추세우고 경멸에 찬 눈길로 그의 등을 쏘아보았다.

"이런 건 저질 음악과 똑같아요." 그는 말했다. "비교나 될까요?

아예 연주를 할 줄 몰라……"

그러고는 지난해 니차*에서 열린 음악경연대회 이야기를 했다. 코르테밀리아, 산마르차노, 카넬리, 네이베, 여러 고장에서 모인 악단들이 연주하고 또 연주하고, 사람들은 움직이지 않았고, 경마는 나중으로 미뤄야 했고, 주임신부까지 춤곡에 경청했고, 오로지 그 순간을 위해 마셨는데, 자정이 되어서도 연주를 했고, 네이베의 악단 티베리오가 우승을 했다. 하지만 서로 술병을 집어던지며 논란과 말다툼이 벌어졌다고, 그가 생각하기에는 그 상은 살토에 사는 누토에게 갔어야 했다고 했다……

"누토라고요? 내가 아는 사람인데."

그러자 그 친구는 누토와 그가 했던 일에 대해 주절주절 이야기를 했다. 그날 밤 누토는 길을 나서서 칼라만드라나까지 가는 동안 멈추지 않고 연주를 해서 무식한 사람들에게 한수 보여주었다는 것이다. 그는 자전거를 타고 달빛 아래 악단을 뒤따라갔는데, 얼마나 멋지게 연주했는지, 집에 있던 여자들이 침대에서 뛰어내려와 박수를 치면 그때서야 연주를 멈추고 다른 곡을 시작했다고, 누토가 정중앙에서 클라리넷으로 악단의 모두를 이끌었다고 했다.

노라는 자동차 경적 좀 안 들리게 하라고 소리를 질렀다. 나는 그에게 다시 한 잔 따르면서 언제 부비오로 가느냐고 물었다.

"할 수 있다면 내일이라도 당장." 그는 말했다.

그날 밤 오클랜드로 가기 전에 나는 자동차 도로에서 멀리 떨어진 텅 빈 언덕 등성이 풀밭에 앉아 담배를 피웠다. 달빛은 없었지

---

* 산토스테파노벨보 북동쪽 니차몬페라토Nicha Monperato를 가리키며, 이어지는 코르테밀리아, 산마르차노, 칼라만드라니는 그 주변 지역들이다.

만 두꺼비 울음, 귀뚜라미 울음만큼 수많은 별들이 바다를 이루고 있었다. 그날 밤은, 노라가 고분고분 풀밭으로 쓰러졌다 해도 그리 만족스럽지 않았을 것이다. 두꺼비들은 시끄럽게 울어대는 것을 멈추지 않았을 것이고, 자동차들은 내리막길을 가속하며 달리는 것을 멈추지 않았을 것이며, 미국이 그 도로와 함께, 언덕 등성이 아래 빛나는 도시와 함께 끝장나는 일은 없었을 것이다. 어둠 속에서, 소나무와 정원의 향기 속에서 나는 그 별들이 나의 것이 아님을 깨달았고, 노라와 손님들이 나에게 얼마나 두려운 존재인지를 새삼 깨달았다. 기름에 튀긴 달걀, 후한 급료, 수박만큼 큰 오렌지는 아무 의미도 없었으며 귀뚜라미나 두꺼비와 다를 바 없었다. 이곳에 올 가치가 있었을까? 다시 어디로 갈 수 있을까? 방파제에서 몸을 던질까?

이제 알 것 같았다. 왜 이따금 도로의 자동차 안, 어느 빈 방구석, 골목 구석에서 목을 맨 아가씨가 발견되는지를. 그들도, 그 사람들도 풀밭에 몸을 던지고 싶고, 두꺼비들과 어울리고 싶고, 여자를 눕힐 땅 한 뙈기를 갖고 싶고, 거기서 두려움 없이 잠들고 싶었던 게 아닐까? 하지만 그 나라는 컸고 모두를 위한 것이 전부 다 있었다. 여자가 있고, 땅이 있고, 돈도 있었다. 하지만 누구도 충분히 갖지 못했고, 아무리 많이 가져도 누구도 멈추지 않았으며, 들판도 포도밭도 공원 같았고, 역의 화단처럼 가짜로 만든 화단, 황무지, 메마른 땅, 고철 더미 같았다. 사람들이 체념하고 머리를 누이며 누군가에게 "좋든 싫든 당신은 날 알아요. 좋든 싫든 내가 살 수 있도록 놔두겠지요"라고 말할 수 있는 나라가 아니었다. 그것이 두려웠다. 그들은 서로를 전혀 몰랐다. 이 산들을 넘으면서 모퉁이를 돌 때마다 누구도 멈추지 않으며 누구도 손을 대지 않는다는 것을 누구나 끊임없이 깨닫는다. 그렇기 때문에 취한 사람을 두들겨 패고 감옥에 처넣어 죽게 내버려두는 것이다. 취객들만이 아니라 비참한 여인들도 마찬가지다. 어딘가에 손을 대려고, 자신을 알리려고 여자의 목을 조르고 잠자는 여자를 총으로 쏘고 스패너로 머리통을 깨뜨리는 날이 오곤 하는 것이다.

길에서 노라가 도심으로 가자고 나를 불렀다. 멀리서 들려오는 그녀 목소리는 꼭 귀뚜라미 울음 같았다. 내가 무슨 생각을 하는지 그녀가 알았다면 어땠을까 생각하자, 웃음이 나왔다. 하지만 이런 것은 누구에게도 말할 수 없는 법이다. 말해야 아무 소용도 없기 때문이다. 어느 날 아침, 그녀는 나를 볼 수 없겠지, 그것으로 끝이지, 하지만 어디로 가지? 나는 세상의 끝자락, 마지막 해안에 이르렀고, 그것으로 족했다. 그래서 산들을 다시 넘어갈 수 있다고 생각하기 시작했다.

제4장

8월 성모축일에 누토는 클라리넷을 입에 대려고 하지 않았다. 담배나 마찬가지라며, 끊으려면 단번에 딱 끊어야 한다고 말했다. 저녁때 그가 안젤로 여관으로 와서 우리는 내 방 발코니에 나가서 시원한 바람을 쐬었다. 광장으로 나 있는 발코니에서 보니, 광장은 난리법석이었다. 우리는 지붕들 너머 달빛 아래로 펼쳐진 청포도밭을 바라보았다.

모든 것을 알고 싶어하는 누토는 이 세상에 대해, 세상이 무엇인지에 대해 이야기했고, 사람들이 무엇을 하는지, 무엇을 말하는지 궁금해하며, 난간에 턱을 괸 채 나에게 귀를 기울였다.

내가 말했다. "만약 너처럼 악기를 다룰 줄 알았다면, 나는 떠나지 않았을 거야. 그 나이에는 어떤지 알잖아. 아가씨를 하나 보는 것으로 충분하고, 누군가와 주먹질을 하고, 새벽에야 집으로 돌아가지. 사람들은 무엇인가를 하고, 무엇인가가 되고, 결정하고 싶은 거야. 더이상 과거의 삶을 잠자코 받아들이지 않아. 떠나면 더 쉬워 보이지. 또 많은 이야기를 듣고. 그 나이 때 이런 광장은 온 세상과 같아. 세상 전체가 그렇다고 믿지……"

누토는 말없이 지붕들을 바라보았다.

나는 말을 이었다. "……누가 알겠어? 저 아래 있는 얼마나 많은 소년이 카넬리로 가는 길로 나서고 싶어할지……"

"하지만 가지 않지. 그런데 너는 갔어. 왜 갔지?" 누토가 말했다.

그런 걸 알 수 있을까? 모라 농장에서는 왜 나를 '안귈라'*라고 불렀을까? 어느 날 아침, 왜 나는 카넬리의 다리에서 자동차가 황소를 치는 광경을 봤을까? 왜 나는 기타를 칠 줄 몰랐을까?

나는 말했다. "난 모라 농장에서 아주 잘 지냈어. 세상이 다 모라 농장 같다고 믿으면서."

"아니야." 누토가 말했다. "여기서는 누구도 잘 지낼 수가 없어. 그런데도 아무도 안 떠나지. 운명이라는 게 있으니까. 너는 제노바에서, 미국에서 해야 할 일이 있었고, 너한테 닥쳐온 일을 깨달아야 했던 거지."

"왜 하필 그래야 했을까? 거기까지 갈 필요도 없었는데."

"멋질 거라 여겼겠지. 그래도 돈은 벌었잖아? 몰랐겠지, 너도. 모두에게 무슨 일이든 일어나는 법이지."

그가 고개를 숙인 채 말했기에 목소리는 난간에 가로막혀 뒤틀려 들렸다. 누토는 이빨로 난간을 긁었다. 장난을 치는 것처럼. 갑자기 그가 고개를 들더니 말했다. "언젠가 여기서 있었던 일을 이

---

* Anguilla. '뱀장어'라는 뜻. 주인공 화자의 별명이다.

야기해줄게. 모두에게 무슨 일이든 일어나는 법이야. 저 아이들, 저 사람들을 봐봐. 아무것도 아니고 나쁜 짓을 하지 않지만, 언젠가는 저들도……"

누토는 힘들어하는 듯했다. 그가 침을 삼켰다. 우리가 다시 만난 뒤로 나는 한때 저돌적이고 유능하고 우리 모두를 가르치며 항상 자기 견해를 말할 줄 알던 누토의 달라진 모습에 잘 적응할 수가 없었다. 이제는 내가 그를 따라잡았고, 우리가 똑같은 경험을 쌓았다는 점을 상기하기에는 내가 부족했다. 내게는 그가 변한 것처럼 보이지도 않았다. 그저 살이 좀 붙고 그 대신 상상력은 좀 줄었으며, 그 고양이 같은 얼굴이 한결 더 평온하고 과묵해졌다고 보일 뿐이다. 나는 그가 용기를 내어 그 무게를 털어버리기를 기다렸다. 나는 잘 알고 있었다, 시간이 되면 사람들은 모든 걸 전부 다 털어놓게 마련이라는 것을.

하지만 그날 저녁 누토는 다 털어놓지 않았다. 그는 화제를 돌렸다.

"들어봐. 저 사람들이 얼마나 소란을 피우고 욕을 해대는지 말이야. 저들이 성모에게 기도하러 오도록 하기 위해 주임신부는 다들 기분을 내라고 내버려둘 수밖에 없어. 그리고 저들은 기분을 내기 위해 성모 앞에 촛불을 켤 수밖에 없는 거고. 누가 누구를 속이고 있는 걸까?"

"서로 돌아가면서 속이지." 내가 대꾸했다.

"아니, 아니야." 누토는 말을 이었다. "주임신부가 이겨. 조명, 폭죽, 관저, 악단 비용을 누가 지불하지? 축제 다음날에는 누가 웃지? 불쌍한 사람들, 땅 서너 뙈기를 위해 등허리가 부러지고, 그러고 나서 또 잡아먹히고 말지."

"큰 비용은 야망 있는 가문들이 낸다고 하지 않았어?"

"그러면 야망 있는 가문들은 어디서 돈을 벌지? 하인들, 하녀들, 농부들에게 일을 시켜. 그리고 땅은 어디서 사들이지? 대체 무엇 때문에 누구는 많이 가지고 있고 누구는 아무것도 없는 거야?"

"너, 뭐야? 공산주의자야?"

누토는 씁쓸함과 즐거움이 뒤섞인 시선으로 나를 바라보았다. 그는 악단이 연주하는 소리를 듣다가 곁눈질로 나에게 시선을 떼지 않은 채 이렇게 투덜거렸다. "우리 마을 사람들은 너무나 무식해. 뭔가를 원하는 사람이라고 해서 다 공산주의자는 아니야. '기냐'라는 사람이 있었어. 공산주의자로 통했는데 광장에서 고추를 팔았지. 밤에는 술을 마시고 고래고래 고함을 지르곤 했지. 그런 사람은 이로움보다 해악을 더 많이 끼쳐. 무식하지 않고 이름을 더럽히지 않을 공산주의자가 필요해. 사람들은 곧바로 기냐를 무시해버렸고 아무도 더는 그가 파는 고추를 사지 않았어. 지난겨울 그는 떠나야 했지."

그 말이 옳다고, 하지만 1945년 쇠가 달궈졌을 때,* 사람들이 움직였어야 했다고 나는 말했다. 그랬다면 기냐도 어딘가에 쓸모가 있었을 거라고. "이탈리아로 오면서 난 무언가 이루어졌을 거라 믿었어. 너희가 칼자루를 쥐고 있었으니까……"

"내가 가진 거라고는 대패와 끌밖에 없었는걸." 누토는 말했다.

"나는 온 사방에서 불행을 보았어. 인간보다 파리가 더 나은 곳

---

* 1945년 4월 25일 이차대전 종전 후 이탈리아가 파시스트 잔당과 독일군 지배에서 해방된 시기를 말한다.

도 있지. 하지만 그런 것으로는 봉기하기에 충분하지 않아. 사람들에게는 추진력이 필요해. 당시 너희들한테는 추진력도 있고 힘도 있었잖아…… 너도 언덕에 있었어?*"

그때까지는 누토에게 그런 걸 물어본 일이 없었다. 마을에서 여러 명이, 우리가 아직 스무 살도 되지 않았을 때 세상에 태어난 청년들이 그곳 길거리와 숲에서 죽었다는 것은 알고 있었다. 나는 많은 걸 알고 있었고 많은 것에 대해 물었지만 그가 붉은 손수건을 매고 다니며 총을 쥐었는지에 대해서는 일절 묻지 않았다. 외부에서 온 사람들, 징집 기피자들, 도시에서 도망친 자들, 머리가 뜨거운 사람들이 그곳 숲에 가득히 들어차 있었다는 것을 나는 이미 알고 있었다. 하지만 누토는 그런 부류가 아니었다. 누토는 그냥 누토였고, 무엇이 옳은지에 대해 나보다 훨씬 더 잘 알고 있는 사람이었다.

"그래, 만약에 그랬다면 사람들이 우리 집을 불태웠겠지."

누토는 어느 부상당한 빨치산 하나를 살토 강변의 동굴에 숨겨주고 밤마다 먹을 것을 가져다주었다고 한다. 누토의 어머니가 그렇게 말해주었다. 나는 믿었다. 누토니까. 바로 어제, 그는 길가에서 두 소년이 도마뱀을 괴롭히는 것을 보고 도마뱀을 빼앗았다. 모든 사람들에게서 스무 해의 세월이 흘렀다.

"만약에 우리가 제방에 나갔을 때, 마테오 씨**가 똑같이 했다면 너는 뭐라고 했을까? 그 시절에 네가 괴롭힌 어린 새들이 얼마나

---

* 1943년 가을 독일군이 이탈리아를 점령하고 파시스트 잔당이 권력을 잡으면서 시작된 레지스탕스 운동에 했느냐는 질문이다.
** 뒤에 나오지만, 안귈라가 하인으로 일했던 모라 농장의 주인이다.

많았는지 기억나?" 내가 말했다.

"무지의 소치였지." 그는 대답했다. "우리 둘 다 나쁜 짓을 했었지. 동물들이 살아가게 그냥 내버려두었어야 하는 건데. 겨울에는 그들도 나름대로 충분히 고통을 받으니까 말이야."

"아무 말 않을게. 네 말이 맞다."

"그런 식으로 시작돼서, 목을 자르고, 마을을 불태우는 것으로 끝나는 거야."

제5장

언덕으로 내리비치는 햇살은 내가 잊고 있던 메마른 땅과 응회암에 부딪쳐 되비친다. 이곳에서 더위는 하늘에서 내려오지 않고 밑으로부터, 포도나무 이랑 사이의 깊은 땅속으로부터 올라오며, 열기는 마치 모든 녹색을 집어삼켜 고스란히 덩굴로 보내는 듯하다. 내가 좋아하는 이 열기에서는 좋은 냄새가 풍긴다. 나도 그 냄새들 속에 있다. 이곳에는 수확할 수많은 포도와 건초, 탈곡할 수많은 옥수수가 있고, 나에게도 있었을지 모를 수많은 맛과 수많은 욕망이 있다. 이것이 내가 안젤로 여관에서 나와 들판을 둘러보기를 즐기는 이유다. 지금까지 삶을 누리지 못했고 이제 바꿀 수 있기를 바라는 것처럼, 지나가는 나를 보며 내가 포도나 다른 무엇을 사러 왔는지 자기들끼리 수군대는 잡담에 그렇다고 인정하는 것처럼. 이곳 마을에서는 이제 아무도 나를 기억하지 못하고, 아무도 내가 하인이었고 사생아였다는 것에 마음 쓰지 않는다. 그들이 아는 것은 내가 제노바에 돈을 갖고 있다는 것뿐이다. 어쩌면 어떤 소년이, 나와 같은 어떤 하인이, 닫힌 덧창 안쪽의 권태로운 어떤 여인이, 카넬리의 작은 언덕에서 내가 저 아래 세상 사람들, 돈을 벌고 즐기고 바다 멀리 떠난 사람들을 생각했던 것처럼 나를 생각하고 있을는지 모른다.

이미 많은 이가 내게 농담으로 또 진심으로 농지를 추천했다. 그러면 나는 어떻게 하느냐면 뒷짐을 지고 경청을 한다. 내가 세상 모든 것을 다 알 수는 없다―최근 몇 년간은 수확이 컸다고, 하지만 이제 개간하고 담을 쌓고 옮겨심기를 해야 하는데, 할 수가 없다고 그들은 말한다. 나는 묻는다. "그 수확물은 다 어디로 가죠? 이익은? 왜 밭에 안 쓰죠?"

"비료들이……"

비료를 도매로 팔아본 적 있는 나는 말을 끊는다. 하지만 그런 대화가 좋다. 그리고 우리가 함께 포도밭에 나가 마당을 가로지르고 마구간을 살피고, 그리고 포도주를 한잔할 때면 더욱 좋다.

가미넬라의 오두막에 다시 가본 날은 늙은 발리노를 이미 만나본 뒤였다. 누토가 길에서 그를 내 앞으로 불러 세우고 그에게 나를 아느냐고 물었다. 메마르고 그을린 발리노는 두더지 같은 눈으로 조심스럽게 나를 바라보는데, 누토가 웃으며 당신의 빵을 먹고 포도주를 마셨던 사람이라고 일러주자, 어리둥절한 얼굴로 머뭇거린다. 그래서 나는 물었다. 개암나무들은 베어냈느냐고, 마구간 위쪽에 아직도 건포도 건조대가 남아 있느냐고. 우리는 그에게 내가 누구였는지 어디서 왔는지를 이야기했다. 발리노는 침울한 낯빛을 바꾸지 않은 채로 그저 강기슭 땅은 척박하고 해마다 빗물이 조금씩 쓸어간다는 말만 했다. 그는 자리를 뜨기 전에 나와 누토를 번갈아 바라보고는 이렇게 말했다. "집에 한번 들르게. 물이 새는 통을 보여주고 싶구먼."

나중에 누토는 나에게 말했다. "가미넬라에 있을 때도 매일 음식을 먹을 수 있었던 건 아니지……" 농담조가 아니었다. "그래도 수확물을 나눌 필요는 없었잖아. 지금은 빌라의 부인이 그 오두막을 샀고 저울을 들고 가서 수확물을 나누지…… 벌써 농가 두 채와 가게가 그녀의 수중에 있어. 그런데도 농부들이 훔친다, 농부들은 사악하다 하더라고……"

나는 혼자서 다시 그 길로 가보았고, 긴 세월을—육십 년? 그 정도까지는 아닐 테지만—소작농으로 살아왔을 발리노의 삶을 생각해보았다. 얼마나 많은 집, 얼마나 많은 밭에서 잠을 자고 먹고, 햇볕과 추위 속에 괭이질을 하다 제 것이 아닌 수레에 가재도구를 싣고 다시는 돌아오지 못할 길로 떠났을까? 나는 그가 홀아비라는 걸 알고 있었다. 아내는 예전에 살던 농가에서 죽었고 다 자란 아들들은 전쟁에 나가 죽었다—이제는 어린 사내아이 하나, 여자 둘만 남았다. 이 세상에서 무얼 더 했겠는가?

그는 벨보 강 골짜기를 떠난 적이 없다. 무의식적으로 나는 오솔길에서 걸음을 멈추고, 스무 해 전에 떠나지 않았다면, 내 운명도 그와 같았으리라 생각했다. 그렇지만 우리는 각각 떠돌고 떠돌았다. 나는 세상을 돌아다녔고 그는 언덕들을 돌아다녔다. 하지만 여전히 우리는 "이것이 내 땅이오, 나는 이 난간 위에서 늙어가고, 이 방에서 죽을 거요"라고 말할 수 없다.

나는 마당 앞 무화과나무 밑에 이르러 풀이 무성한 둔덕 사이의 오솔길을 다시금 바라보았다. 이제는 거기에 돌을 놓아 계단을 만들어놓았다. 풀밭과 길 사이의 낙차, 큰 지대의 차이는 여전했다. 나뭇단 아래 풀은 말라죽었고 부서진 바구니와 사과 몇 알이 썩어 문드러져 있었다. 저 위에서 개가 쇠 목줄이 미치는 범위까지 내달리는 소리가 들렸다.

내가 계단에서 고개를 내밀자 개는 사납게 날뛰었다. 목줄을 당기며 두 다리로 딛고 곧추서서 짖었다. 나는 계속 올라가 입구와 무화과나무, 입구에 세워둔 쇠스랑을 보았다. 문구멍에 달린 매듭 밧줄이 그대로다. 벽 시렁 언저리에 살충제 얼룩이 여전하고 집 모퉁이에는 아직도 로즈메리가 가득했다. 그리고 냄새가, 집과 강변, 썩은 사과, 마른 풀, 로즈메리 냄새가 났다.

땅바닥에 넘어진 바퀴 위에 한 소년이 앉아 있었다. 찢어진 바지, 셔츠에 멜빵은 하나만 걸고, 다리 한쪽은 어색하게 벌린 채. 저런 것도 놀이인가? 햇살 아래서 나를 쳐다본다. 손에 말린 토끼 가죽을 들고 여유를 찾으려는 듯 야윈 눈을 깜짝인다.

나는 걸음을 멈추었고, 소년은 눈을 계속 끔뻑거리고 있었고, 팽팽히 목줄이 당겨진 개는 마구 짖어대고 있었다. 눈 밑으로 부스럼이 난, 앙상한 어깨의 그 사내아이는 다리를 움직이지 않았다. 아이는 맨발이었다. 문득 내가 얼마나 자주 동상에 걸렸었는지, 얼마나 자주 무릎에 부스럼이 났었는지, 또 얼마나 자주 입술이 갈라졌었는지가 떠올랐으며, 나의 엄마 비르질리아가 어떻게 토끼 배를 가르고 가죽을 벗겼었는지가 떠올랐다. 나는 손을 들어 보이면서 고개를 끄덕거렸다.

문가에 한 여자가 나타났고 이어 또다른 여자가 나타났다. 검은 속치마 차림으로, 한쪽은 늙고 구부정했으며 다른 한 여자는 보다 젊고 건장했다. 여자들은 날 쳐다보았다. 큰 소리로 내가 발리노를 찾는다고 하자, 없다고, 강변에 갔다고 했다.

덜 늙어 보이는 여자가 윽박지르며 목줄을 잡아끌자 개는 숨이 막혀 헉헉거린다. 소년은 바퀴 위에서 일어나며, 힘겹게 비스듬히 다리를 디뎠고 선 채로 개에게 다가갔다. 소년은 절름발이였고 발육이 좋지 않았다. 무릎이 자기 팔 굵기도 안 되는 것 같았는데, 다리 한쪽을 짐처럼 뒤에 끌고 걸었다. 한 열 살쯤 먹었을까. 마당에 선 소년의 모습이 꼭 나를 보는 것만 같았다. 혹시라도 안졸리나와 줄리아가 나타나는 건 아닌지 나는 두리번거리며, 입구로, 무화과나무 뒤로, 옥수수밭 너머로 눈길을 던졌다. 그들이 어디 있을지 누가 알까? 만약 어딘가에서 아직도 살아 있다면 아마도 저 여자의 연배쯤이 될 것이다.

개는 이제 잠잠해졌으며 여자들은 아무 말도 없이 나를 쳐다보고 있었다.

제6장

나는 발리노가 집에 오는 거라면 올 때까지 기다리겠다고 했다. 그러자 때로는 아주 늦는다고 여자들은 동시에 말문을 연다.

두 사람 중 개줄을 쥔 여자는 맨발이었고 피부는 햇볕에 그을렸으며 입가에 털이 살짝 붙어 있었다—발리노처럼 신중하고 어두운 눈길로 날 보았다. 그녀는 그의 처제로, 이제는 형부와 한 침대를 썼는데 같이 살다보니 닮은 모양이었다.

나는 마당으로 들어가—또다시 개가 덤벼들었다—이 마당에서 어린 시절을 보냈다고 했다. 우물이 아직 뒤에 있는지 물었다. 나이 많은 여자는 문지방에 앉아 불안하게 무언가 웅얼거렸다. 다른 여자는 몸을 숙여 입구에 뒹구는 갈퀴를 들고는 아이에게 강가에 가서 아버지가 있는지 보고 오라고 소리쳤다. 나는 그럴 필요 없다고, 그냥 아래쪽을 지나다 내가 자란 집을 다시 보고 싶다는 생각이 든 것뿐이라고, 개암나무가 있던 곳까지 속속들이 알고 있으니 혼자 충분히 둘러볼 수 있다고 했다.

그러고 나서 물었다. "그런데 이 아이는 어떻게 된 겁니까? 곡괭이로 넘어지기라도 했나요?"

두 여자가 소년을 바라보자 아이는 웃음을 띠었다—소리 없이 웃음 짓다가 곧 눈을 감아버렸다. 나도 잘 아는 장난이었다.

나는 말했다. "왜 그러니? 이름이 뭐니?"

야윈 처제가 대답했다. 오르토*에서 살던 시절, 멘티나가 죽던 해에 의사가 친토의 다리를 살펴봤었다고 했다. 멘티나는 침대에서 비명을 지르고 있는데, 죽기 전날에 의사는 그녀 탓에 이 아이의 뼈가 약해졌다고 했다는 것이다. 하지만 멘티나는 군인으로 죽은 다른 아들들은 건강한데 이 아이만 그렇게 태어났다고, 그놈의 개가 그녀를 물려고 덤비는 바람에 젖이 부족해져서 이렇게 됐다는 것을 자신도 잘 안다고 말했다고 한다. 의사는 그녀에게 젖 때문이 아니라, 나뭇단을 짊어지고 빗속을 맨발로 다니고 병아리콩과 폴렌타만 먹고 바구니를 옮겨서 그렇게 된 거라고 꾸짖었다. 미리 생각했어야 했는데 이제는 시간이 없다고, 의사는 그렇게 말했다. 그러자 멘티나는 다른 아들들은 건강하게 태어났다고 대꾸하고, 그리고 이튿날에 죽었다는 것이다.

소년은 벽에 몸을 기대고 웃는 것 같았는데 나는 그가 웃는 것이 아님을 깨달았다. 마치 웃는 것처럼 보이긴 했지만—그 소년은 윗입술이 튀어나오고 이빨은 듬성듬성하고 눈 밑에 부스럼이 나 있었다—사실은 주의 깊게 듣고 있었던 것이다.

---

* Orto. 산토스테파노벨보 근방의 언덕이나 마을로 짐작된다.

나는 여자들에게 말했다. "그럼, 내가 발리노를 한번 찾아볼게요." 혼자 있고 싶었다. 하지만 여자들이 소년에게 소리쳤다. "빨리 가봐. 너도 같이 가."

그렇게 나는 풀밭으로 들어서서 햇볕에 그을린 밀 그루터기만 남아 있는 포도밭 이랑을 따라갔다. 개암나무 검은 그림자가 드리운 포도밭 뒤 비탈에 있는 옥수수밭, 멀리서 눈으로 훑어보니 그것은 손수건처럼 조그마했다. 친토는 절름거리며 나를 따라왔고, 이윽고 우리는 호두나무에 이르렀다. 거기서 그렇게나 많이 길로 돌아다니며 놀고 강변으로 내려가 사과나 호두 낙과를 찾고, 암염소와 누이들과 함께 풀밭에서 오후를 보내고, 겨울날 강변에 나가고 싶어 날이 맑기를 기다렸다니 믿을 수 없었다─이런 곳이 나한테는 마을의 전부였고, 온 세상이었다니. 만일 열세 살 적에 파드리노가 코사노로 이사하게 되면서 우연히 이곳을 떠나지 않았다면, 아마도 지금쯤 나는 발리노나 친토와 똑같은 삶을 살고 있었을 것이다.

우리가 어떻게 먹을 것을 구할 수 있었는지 신기한 일이다. 그 시절 우리는 사과, 호박, 병아리콩을 갉아먹었다. 비르질리아는 어떻게 해서든 우리를 굶기지 않으려 했다. 하지만 이제 일하고 또 일한 다음 다시 수확물을 나눠야 하는 발리노의 어두운 얼굴을 나는 이해할 수 있다. 그 결과를 보았으니까─그 성난 여자들과 불구의 사내아이를.

나는 친토에게 개암나무들을 본 적 있는지 물었다. 친토는 건강한 한쪽 다리로 딛고 선 채 못 믿겠다는 듯이 날 쳐다보더니 저 제방 아래에 몇 그루가 아직 있다고 했다. 말을 하려고 몸을 돌리던 나는 포도나무같이 새카만 옷을 입은 여자가 마당에서 우리를 바라보고 있는 것을 알아챘다. 내 옷과 셔츠와 신발이 부끄러웠다. 내가 언제부터 맨발로 다니지 않게 됐던가? 친토에게 예전에는 나도 똑같은 소년이었음을 믿게 하려면 가미넬라 언덕 이야기만으로는 모자랄 것이다. 친토에게 가미넬라는 온 세상이었고, 모두가 그렇게 말했다. 만약 어렸을 때 내 앞에, 나처럼 커다란 사람이 나타나 함께 들판을 돌아다녔다면 나는 어떻게 했을까? 잠시 집에서 나를 기다리던 누이들과 암염소에게 자랑스럽게 그 엄청난 사건을 들려주는 상상에 빠졌다.

친토는 관심을 보이며 내 뒤를 따랐다. 나는 포도밭 끝까지 아이를 데려갔다. 더는 이랑을 알아볼 수 없어서 친토에게 누가 옮겨 심었는지 물어보았다. 친토는 거드름을 피우며 대단한 일이라도 되는 양, 빌라의 부인이 토마토를 가지러 온 게 바로 어제였다고 했다. "너희에게 남겨준 것이 있니?" 내가 물었다. "우리 몫은 벌써 수확했는걸요." 친토가 답했다.

포도밭 뒤편, 우리가 있던 자리에는 아직 풀밭과 암염소의 신선한 목초지가 남아 있었고, 머리 위로는 언덕이 계속 이어졌다. 나는 멀리 있는 집들에 누가 사는지 물어보며 옛날에는 거기 누가 살았는지, 어떤 개들이 있었는지 이야기해주고, 그때는 우리 모두가 소년이었다고 덧붙였다. 친토는 주의깊게 듣더니 지금도 누군가 산다고 했다. 잠시 뒤 강변에서는 우리 발치께로 솟아난 나무 위에 아직도 피리새 둥지가 있는지 물었고 벨보 강에서 바구니로 고기를 잡아봤는지도 물었다.

어떻게 모든 것이 변했으면서도 그대로 남아 있는지 이상한 일이었다. 포도나무 한 그루, 가축 한 마리도 옛것은 남아 있지 않았고, 들판에는 단지 그루터기, 길게 늘어선 그루터기뿐이었으며, 사람들은 자라고 흘러가고 죽었다. 무너져내린 뿌리들은 벨보 강에 휩쓸려갔다―그런데도 주위를 둘러보면 가미넬라의 거대한 구릉들, 멀리 떨어진 살토 언덕들 위의 도로, 마당, 웅덩이, 목소리들, 곡괭이들, 모든 것이 그대로였고 모든 것이 예전의 그 냄새, 그 맛, 그 색깔을 띠고 있었다.

나는 아이에게 주변 마을에 가본 적 있는지 물었다. "카넬리에 가봤니?" 아이는 아버지가 간차* 회사에 포도를 팔러 갈 때 마차를 탔었다고 했다. 한번은 피올라네의 아이들과 벨보 강을 건너 철도까지 가서 기차가 지나는 것도 보았다고 했다.

나는 이야기했다. 내가 어렸을 적엔 이 골짜기가 더 컸고 마차를 타고 다니는 사람도 있었다고, 남자들은 조끼에 황금 사슬을 달고 다녔고 읍내와 마을 여자들은 양산을 쓰고 다녔다고. 결혼식, 세례식, 성모축일 같은 축제가 있으면 멀리 언덕 끝에서 음악 연주자들, 사냥꾼들, 면장들이 왔다고. 큰 방들이 딸린―저 카넬리 언덕의 니도 성채 같은―저택들이 있어서 안젤로 여관처럼 열다섯 명씩, 스무 명씩 한꺼번에 들어가 온종일 먹고 음악을 연주했다고. 그런 날에는 우리 같은 아이들도 마당에서 축제를 벌였는데, 여름에는 외발뛰기 놀이를 했고 겨울에는 얼음에서 팽이치기를 했다고. 외발뛰기는 바로 친토처럼 한쪽 발로만 뛰어 조약돌을 이어 만든 선을 건드리지 않고 넘는 놀이라고. 포도 수확이 끝나면 사냥꾼

* 1880년 카를로 간차가 카넬리에 세운 포도주 회사.

들이 언덕과 숲을 쏘다니며 가미넬라, 산그라토, 카모까지 갔다가 흙투성이가 되어 지쳐 돌아왔지만 손에는 자고새, 산토끼 같은 야생동물이 가득했다고. 오두막을 지나는 모습이 보이면 그날은 밤 늦게 마을 집들에서 잔치 벌이는 소리가 들렸고, 저기—당시는 저 나무들이 없어서 잘 보였던—니도 저택은 불이 난 것 같이 모든 창문이 환하게 빛나고 있었고 새벽까지 초대받은 사람들의 그림자가 지나다녔다고 이야기해주었다.

친토는 입을 벌린 채, 눈 밑에 부스럼이 난 얼굴로 둔덕에 기대 앉아 귀를 기울였다.

"나도 너 같은 아이였단다. 파드리노와 함께 여기 살았지. 암염소도 있었고. 내가 데려가 풀을 먹이고는 했단다. 사냥꾼조차 움직이지 않는 겨울은 진짜 힘들지. 물이 많고 서리가 쌓여 강둑에 갈 수 없거든. 한번은 늑대가—이제는 없지만—숲에 먹을 것이 없어서 가미넬라까지 내려왔단다. 아침에 눈밭 위에 찍힌 발자국을 봤었지. 개 발자국 비슷해 보이지만 더 깊어. 뒷방에서 누이들과 같이 잠을 자는데 한밤중에 강둑에서 추위에 떨며 우는 늑대 소리가 들려왔었지……"

"작년에 강둑에서 시체가 발견됐어요." 친토가 말했다.

나는 걸음을 멈추고, 어떤 시체인지 물었다.

"독일군이에요. 빨치산들이 가미넬라에 파묻었어요. 완전히 썩어서……"

"그렇게 길 가까운 곳에?" 내가 물었다.

"아니요, 저 위에서 강둑으로 내려왔어요. 물에 쓸려 내려온 걸 아빠가 진흙과 돌멩이 밑에서 발견했어요……"

제7장

　그러는 동안 강가에서 나무에 부딪치는 낫질 소리가 들렸다. 소리가 울릴 때마다 친토의 속눈썹이 떨렸다.

　"아빠예요. 저 아래에 있어요."

　아까 내가 그를 쳐다보고 여자들이 이야기할 때, 왜 눈을 감았느냐고 친토에게 물었다. 이내 친토는 또다시 본능적으로 눈을 깜짝이더니 자신은 그런 적이 없다고 했다. 나는 웃음을 터뜨렸다. 그러면서 나도 어릴 때 그런 장난을 쳤다고 했다. 그렇게 하면 내가 보고 싶은 것만 보였고 그다음 다시 눈을 뜨면 모든 것이 그대로인 것을 발견하고 즐거웠었다고.

　그러자 친토는 재미있다는 듯 이빨을 드러내고는 토끼도 그렇게 한다고 했다.

　"그 독일군 말이지," 나는 말했다. "아마 개미들한테 다 뜯어먹혔을 거야."

집 마당에서 친토를 부르고, 친토를 찾고, 친토를 욕하는 여자의 고함소리가 울리는 것이 들려왔다. 우리는 말없이 웃었다. 고함소리는 우리가 서 있는 언덕까지 계속 들려왔다.

"어떻게 죽은 건지는 몰라요. 이 년이나 땅속에 있었대요……." 친토는 말했다.

우리가 나뭇잎 빽빽한 딸기나무, 박하나무가 우거진 아래쪽 숲으로 다다랐을 즈음 발리노는 고개를 들었다. 그는 버드나무 붉은 가지들을 쳐내고 있었다. 밖은 8월이지만 숲은 선선하고 어두웠다. 간간이 강변까지 물이 찬 물웅덩이가 생기곤 했다.

올해같이 건조한 해에는 버드나무 가지를 어디서 묵히느냐고 물었다.* 나뭇단을 만드느라 몸을 구부리던 발리노는 생각을 고쳐, 날 보더니 가지들을 발로 툭 차며 낫을 바지춤에 걸었다. 살충제 뿌릴 때 입는 하늘색 바지와 모자에 얼룩이 있었다.

"올해 포도가 좋군요. 비가 좀 부족하긴 하지만요." 내가 말했다.

"항상 뭔가가 부족하지. 저 나무통 때문에 누토를 기다리고 있었는데, 그 친구, 안 오나?" 발리노는 물었다.

그래서 나는 우연히 가미넬라 언덕을 지나는 길에 들판을 좀 둘러보고 싶어서 들렀다고 했다. "얼마나 많이 바뀌었는지 이젠 잘 알아볼 수가 없군요. 이 포도밭이 새로 만든 지 삼 년쯤 된 건가요. 집도 좀 바뀌었나요? 제가 살았을 적에는 굴뚝으로 연기가 잘 빠지지 않았었거든요―그리고 저 벽도 허물어버린 건가요?"

집 이야기라면 여자들이 있다고 말했다. 집은 여자들이 돌본다.

---

* 잘 휘는 버드나무 가지들을 일정 기간 묵혀두었다가 바구니 재료로 쓴다.

그는 포플러나무 잎사귀들 사이로 강변을 바라보았다. 들판은 다른 모든 들판과 똑같다면서, 이런 데서 결실을 얻으려면, 이제는 없는 일손이 필요하다고 말했다.

우리의 대화는 전쟁과 망자에 대한 것으로 이어졌다. 그는 아들들 이야기는 전혀 꺼내지 않았다. 몇 마디 툴툴거렸을 뿐. 내가 빨치산과 독일군 이야기를 꺼내자 어깨를 으쓱했다. 당시 그는 오르토에 살았는데 그들이 초라한 집을 태우는 걸 봤다고. 일 년간 누구도 들판에서 일을 하지 않았다고, 모두가 집으로—독일군은 자기 고향으로, 젊은이들은 밭으로—돌아간 거라면, 모두가 승리한 셈이라고 했다. 어떤 얼굴, 어떤 사람이든 젊은 시절 장터에서도 이방인이라곤 찾아볼 수가 없었다고 했다.

친토는 입을 벌린 채 우리의 대화를 듣고 있었다. 나는 숲속에 아직 얼마나 많은 이가 묻혀 있는지 누가 알겠느냐고 했다.

발리노는 어두운 표정으로 나를 바라보았다. 흐릿하면서도 강한 눈길이었다. "많겠지. 많아. 찾아볼 시간만 있다면야……" 그의 목소리에는 적의도 연민도 없었다. 버섯을 따러 간다거나 나무를 하러 간다고 말하는 투였다. 잠깐 표정이 밝아지더니, 그는 말을 이어갔다. "살아서는 아무 짝에도 쓸모가 없었고 죽어서도 아무 쓸모가 없는 거지."

그렇다. 누토라면 그를 가리켜 무지한 사람, 불쌍한 사람이라며 세상이 늘 예전과 똑같이 돌아갈 수밖에 없는 건지를 자문했으리라. 누토는 이런저런 마을을 보았고 이 주변 사람들의 비참함을 전부 알고 있었다. 누토라면 그 전쟁이 무엇을 위한 것이었는지에 대해 묻지 않았으리라. 전쟁은 치러져야 하는 것이고 운명이 그러했다고. 그런 관념을 누토는 강하게 품고 있었다. 무엇이 됐든 일어난 일은 모두에게 영향을 미치기 마련이고, 세상은 잘못되었으며, 다시 만들어져야 한다고.

발리노는 올라가 포도주를 한잔하자는 제안도 하지 않았다. 나뭇가지를 모으고 친토에게 풀을 베어왔느냐고 물었다. 친토는 멀찍이 떨어진 채 땅만 바라볼 뿐 대답하지 못했다. 그러자 발리노가 한 걸음 다가가 한 손으로 버드나무 가지를 채찍처럼 휘둘렀다. 친토가 도망쳐 피하는 바람에 발리노는 넘어지려다 몸을 세웠다. 친토는 이제 제방 위에 서서 그를 보고 있었다.

말없이 발리노는 나뭇가지들을 들고 비탈을 올랐다. 꼭대기에 이르러서도 돌아보지 않았다. 내가 친토와 함께 놀러온 소년이고, 그는 나한테 나뭇가지를 휘두를 수 없어 친토에게 휘두른 듯한 느낌이었다. 친토와 나는 서로 미소를 지었다.

우리는 시원한 그늘 밑 강둑으로 내려갔다. 하지만 물웅덩이 건너 햇살로 나아가자 땀이 날 만큼 후텁지근했다. 우리 풀밭 맞은편 모로네 포도밭을 떠받치는 응회암 벽면을 보았다. 딸기나무 우듬지 너머로 밝은 빛깔 포도나무들이 보였고 잎사귀 몇몇이 이미 붉게 물든 멋진 복숭아나무도 보였다. 어릴 때도 저런 복숭아나무에서 열매 몇 알이 우리 제방 쪽으로 떨어지곤 했는데, 그게 우리 것보다 더 맛있어 보였다. 빨갛고 노란 잎사귀가 달린 여름날의 사과나무와 복숭아나무를 생각하면 지금도 침이 고인다. 잎사귀마저 잘 익은 과일 같고 그 밑에 가면 행복해졌다. 내겐 나무는 전부 과실수 같았다. 포도밭에 가면 더 그랬다.

축구선수들과 카드 노름꾼들 이야기를 하며 친토와 나는 제방 밑 아카시아나무 길까지 걸었다. 친토는 광장에 탁자를 펼쳐놓은 어떤 사람의 손에 들린 카드 한 벌을 본 적이 있고, 누가 길에 버린 '스페이드 2'와 '하트 킹'을 집에 갖고 있다고 했다. 약간 더럽지만 나중에 다른 카드를 가지게 되면 쓸모가 있을 거라고 자랑했다. 나는 살기 위해 도박을 하며 집과 땅까지 판돈으로 거는 사람도 있다고 말했다. 테이블에 황금 동전을 무더기로 쌓고 조끼에 권총을 찬 채로 도박을 하는 나라에도 가봤다고 했다. 옛날에, 어렸을 적에 여기서도 농장 주인들이 포도나 밀을 팔면 마차에 말을 매고 아침 일찍 돈주머니를 갖고 니차나 아퀴*로 가서 밤새 도박을 하고 돈을 걸었다고. 그러다 종국엔 숲과 목초지와 농장을 걸고 도박을 하다가 이튿날 아침 여관 침대 성모상과 올리브나무 가지** 아래서 죽은 채로 발견되기도 했다고. 또 마차를 타고 떠나 아무도 소식을 알 수 없는 사람도 있다고. 어떤 이는 아내까지 걸고 도박을 했고 그래서 아이들만 남으면 다 쫓아냈다고, 그런 아이들을 사생아라고 했다고 이야기해주었다.

"마우리노 씨네 아들이 사생아예요." 친토가 말했다.

"그런 아이를 거두어 보살피는 사람도 있어." 내가 말했다. "마우리노 씨는 사내아이가 필요했던 모양이구나. 언제나 가난한 사람들이 사생아를 받아들이는 법이지……"

"그런데 그렇게 부르면 화를 내요." 친토는 말했다.

"그래, 그렇게 부르면 안 되지. 네 아버지가 너를 버렸다 해도 그

---

* 산토스테파노벨보 동쪽 아퀴테르메Acqui Terme를 가리킨다.
** 예수수난성지주일에 축성한 나뭇가지. 성상을 걸어두는 종려나무나 올리브나무의 나뭇가지를 말한다.

게 너의 잘못은 아니잖니? 일하려는 의지만 있으면 돼. 내가 아는 이들 중에는 농장까지 구입한 사생아도 있으니까."

강둑에서 나오자 친토는 비척거리며 앞서가더니 야트막한 담장에 걸터앉았다. 길 반대편 포플러나무들 뒤로 벨보 강이 흐르고 있었다. 암염소를 끌고 오후 내내 강둑과 기슭을 돌아다닌 뒤 나와 놀던 곳이다. 길가 조약돌들은 여전하고 포플러나무 신선한 줄기에서는 수돗물 냄새가 났다.

"이제 토끼 먹일 풀을 베러 가야 하지 않니?" 내가 물었다.

친토는 간다고 했다. 그래서 나는 자리를 떴고 길모퉁이에 이를 때까지 갈대숲에서 내 등뒤로 보내는 아이의 눈길을 느꼈다.

제8장

가미넬라의 오두막에는 누토와 동행할 경우에만 가기로 결심했다. 발리노가 나를 집 안으로 들여보낼 수 있게. 하지만 누토에게 이 길은 꽤 먼 곳이다. 반면 나는 이곳을 자주 지나쳤고, 그럴 때면 친토가 오솔길에서 날 기다리고 있거나, 갑자기 갈대숲에서 빠져 나오곤 했다. 친토는 비틀린 다리로 야트막한 담장에 기대어 나와 이야기를 나누었다.

처음 며칠이 지나 축제와 축구대회가 끝나자 안젤로 여관은 조용해졌고, 파리들이 붕붕대는 창가에서 텅 빈 광장을 내려다보며 커피를 마실 때면 내가 면사무소 발코니에서 마을을 굽어보는 면장 같다는 기분이 들었다. 어렸을 때는 상상도 할 수 없던 일이다. 집에서 멀리 떠나 열심히 일하고 의지와 상관없이 성공한다는 것―성공이라 함은 그렇게 멀리 떠나고, 그렇게 부자가 되고, 크고 건장해지고 자유로워져서 고향으로 돌아오는 것을 뜻했다. 어릴 때는 미처 알지 못했음에도 나는 항상 길과 지나는 행인, 카넬리 저택들, 하늘 저 멀리 언덕들을 눈여겨보았었다. 운명은 그런 거라고 누토는 말한다―나와 달리 그는 움직이지 않았다. 세상 속으로 떠나지 않았고, 성공하지도 않았다. 이 계곡의 많은 사람에게 일어난 일이 그에게도 일어났을 수 있다―그러니까 나무처럼 성장하고 여자나 숫염소처럼 늙어가면서 보르미다* 너머에서 무슨 일이 일어나는지도 모른 채 집과 포도 수확과 시장이라는 테두리 안에서 벗어나지 않는 삶. 하지만 떠나지 않은 그에게 무슨 일인가가 일어났고 그건 운명이었다―세상사를 이해하고 바로잡아야 한다는 것, 세상은 잘못되었으며 이를 바꾸는 것이 모두의 관심사라는 게 그의 생각이었다.

나는 깨달았다. 어릴 적 암염소를 뒤쫓을 때도, 겨울철에 나뭇단을 발로 밟아 난폭하게 가지들을 부러뜨리거나 혹시나 언덕이 사라지지 않을까 하는 마음으로 눈을 감았다 뜰 때도―심지어 내가 집도 없는 삶을 살 수밖에 없는 운명이었을 때도, 언덕 너머에 더욱 아름답고 풍요로운 고장이 있을 거라는 희망을 품었었다. 안젤로 여관의 이 방을―당시에는 전혀 와본 적 없었지만―항상 알고 있었던 것만 같았다. 한 신사가, 호주머니에 금화가 가득한 사람이, 어느 농장의 주인이 어느 멋진 날 아침, 세상을 돌아보기 위해 마차를 타고 떠날 때, 이런 방에 있고, 새하얀 세면대에서 손을 씻고, 광택 나는 낡은 탁자 위에서 멀리 있는 도시로 편지를 쓰며, 그러고 나면 사냥꾼들 또는 시장들, 아니면 양산을 든 부인들이 그

---

* Bormida. 산토스테파노벨보 남쪽으로 상당히 멀리 떨어진 고장이다.

편지를 읽으리라는 사실을 말이다. 그런데 지금 그러한 일이 일어나고 있었다. 아침에 일어나면 나는 커피를 마셨고, 제노바와 미국으로 편지를 썼으며, 돈을 관리하고, 사람들을 관리했다. 한 달 뒤에는 어쩌면 또다시 바다로 나가서 내 편지를 뒤따라가고 있을지도 모른다.

어느 날 나는 아래쪽 뜨거운 광장 앞에서 기사騎士와 함께 커피를 마셨다. 기사는 늙은 기사의 아들로, 그 늙은 기사는 내가 어렸을 때 성에 딸린 토지들과 방앗간 여러 개를 소유한 주인이었으며, 내가 아직 태어나기도 전에 벨보 강에 댐을 쌓기도 했던 인물이었다. 그는 이따금씩 하인이 모는 쌍두마차를 타고 큰길을 지나가기도 했다. 그리고 그는 마을에 조그마한 빌라를 한 채 갖고 있었는데 울타리를 둘러친 정원에서는 어느 누구도 그 이름을 알지 못하는 신기한 나무들이 자라고 있었다. 겨울날 학교로 달려갈 때, 그 빌라의 덧창들은 언제나 닫혀 있었고 나는 대문 앞에서 발걸음을 멈추고는 했다.

이제 그 늙은 기사는 죽었고, 아들 기사는 자그마한 대머리 변호사였지만 변호사 일을 하진 않았다. 토지와 말과 방앗간은 총각 시절 도시에서 탕진해버렸고 성에 거기하던 대규모 식솔도 사라졌다. 작은 포도밭 하나와 낡은 옷가지만 남은 그는 은제 손잡이가 달린 지팡이를 짚고 마을을 돌아다녔다. 교양 있게 나와 대화를 나누었고, 내가 어디서 왔는지 알고 있는 그는 나에게 프랑스에도 가본 적이 있는지 묻고는, 새끼손가락을 편 채로 앞으로 몸을 수그려 커피를 마셨다.

그는 매일 여관 앞에서 발길을 멈추고 다른 단골들과도 담소를 나누었다. 그는 많은 것을 알고 있었다. 청년들이나 의사, 나보다 더 많은 것을 알고 있었지만 지금의 생활과는 어울리지 않는 것들이었다—그의 말을 잠시 듣다보면 늙은 기사가 적당한 시기에 죽었다고 생각하게 된다. 빌라의 정원 야자수, 이국적인 갈대, 이름표가 붙은 꽃들로 가득한 정원과 약간 비슷한 인물 아닌가 하는 생각이 머릿속에 스쳤다. 기사는 그 나름대로 마을을 떠나 세상을 돌아다녔지만 성공을 하지는 못했다. 친척들은 그의 곁을 떠났고, 토리노의 백작이었던 아내는 죽었고, 미래의 기사가 될 외아들은 군대에 가기도 전에 여자와 도박에 연루되어 살해당했다. 그런데도 그는, 마지막 남은 포도밭 농부들과 함께 부엌에서 잠을 자는 그 불쌍한 노인은 언제나 친절했고, 언제나 예의 발랐고, 언제나 신사 같았고, 나를 만날 때마다 항상 모자를 벗었다.

광장에서는 면사무소 지붕 뒤로 그의 토지가 있는 언덕이 보였는데, 잘 관리되지 않아 잡풀이 가득한 포도밭 위로 소나무 몇 그루와 갈대들이 하늘에 맞닿아 있었다. 오후에는 하릴없는 무리가 커피를 마시면서, 산그라토 언덕의 절반을 차지한 채 오로지 마을에서 가깝다는 편리함 때문에 그 집에 살면서도 포도밭에 괭이질을 할 생각조차 않는 소작인들을 들먹이며 종종 기사를 조롱하고는 했다. 하지만 그는 확신에 찬 표정으로 포도밭에 무엇이 필요한지는 소작인들이 잘 알고 있다고, 예전에는 농토의 주인과 영주가 사냥터로 쓰려고, 혹은 기분에 따라 땅의 일부를 황무지로 내버려두기도 했다고 대꾸했다.

기사가 사냥을 나간다는 생각에 모두들 웃었고, 누군가는 차라리 병아리콩을 심는 게 좋을 거라고 했다.

"나는 나무를 심었소." 기사가 갑자기 흥분하여 열을 내며 말하는데 목소리가 떨리고 있었다. 지극히 예의 바른 그는 <u>스스로를</u> 방어할 줄 몰랐기에, 그래서 내가 화제를 바꾸려 끼어들어 몇 마디 했다. 화제는 바뀌었지만 노인이 아주 망가지지 않았다는 점은 명백했으니 그 가엾은 이가 내 의도를 깨달았던 것이다. 내가 자리에서 일어설 때 그는 내게 이야기를 좀 하자고 부탁했고, 우리는 다른 이들의 시선에서 벗어나 광장으로 걸었다. 그는 이제 늙었고 너무 외롭다면서, 자기 집은 누구도 초대할 만한 곳은 아니지만 만약 내가 부담 없이 방문하러 온다면 매우 기쁠 거라고 했다. 그도 내가 다른 사람들의 땅을 보러 다니는 걸 알고 있었던 것이다. 그러니까 잠깐…… 또 내가 잘못 짚었다는 생각이 들었다. 가만히 보니 이 사람도 땅을 팔려는 거잖아. "아니, 아니요." 그는 바로 덧붙였다. "그런 뜻은 아니었소. 단순한 방문 말이오…… 괜찮다면 저 나무들을 보여주고 싶어서……"

손님 맞을 준비를 하는 번거로움을 덜어주기 위해, 나는 바로 그의 집을 방문했다. 검은 지붕, 마당으로 솟은 좁은 길을 걸으면서, 그는 이런저런 이유로 포도밭을 팔 수 없었다고 했다―자신의 이름을 지닌 마지막 땅이기도 하고 땅을 팔아버리면 다른 사람의 집에서 생을 마쳐야 해서이기도 하고, 이렇게 하는 게 소작인들에게 편리하기도 하고, 너무 외롭기도 해서……

그는 말했다. "당신은 이 고장에서 땅 한 뙈기 없이 사는 게 무엇인지 모를 거요. 먼저 죽은 가족들은 어디에 묻혔소?"

나는 모른다고 했다. 잠시 그는 말없이 생각에 잠겼다가 놀란 듯 고개를 끄덕였다.

"이해합니다. 인생이라는 게 그렇지." 그가 느릿느릿 말했다.

불행히도 최근 세상을 떠난 그의 가족이 마을 공동묘지에 묻혀 있었다. 열두 해나 됐지만 그에겐 바로 어제 일 같았다. 인간적인 죽음, 체념하고 받아들일 죽음, 확신을 갖고 마음에 새길 죽음도 아니었다. 그는 말했다. "난 멍청한 실수 많이 했소. 살다보면 실수를 하지. 노년의 진짜 고질병은 후회요. 그래도 한 가지 용서할 수 없는 게 있소. 그 녀석은……"

우리는 갈대밭 아래쪽 길모퉁이에 이르렀다. 그는 걸음을 멈추더니 중얼거렸다. "어떻게 죽었는지 압니까?"

나는 고개를 끄덕였다. 그는 지팡이 손잡이를 쥐며 말했다. "내가 이 나무들을 심었소." 갈대밭 뒤로 소나무가 보였다. "그 녀석이 좋아했던 이 언덕배기가 그 녀석 것이 됐으면 했지. 어릴 때 가본 공원처럼 자유롭고 야생적인 땅으로……"

괜찮은 생각이었다. 갈대들과 그 뒤쪽의 불그스레한 소나무들, 아래쪽 무성한 풀은 가미넬라 포도밭 꼭대기의 우묵한 곳을 연상시켰다. 언덕배기에 있고, 모든 것이 허공으로 끝나는 이곳이 더 멋지긴 했지만.

나는 말했다. "들판에는 이렇게 노는 땅이 한 뙈기는 있어야 하지요…… 하지만 포도밭은 경작돼야 합니다."

발 아래로 초라한 포도나무 이랑 서너 줄이 보였다. 기사는 얼굴을 구기더니 고개를 저었다. "난 늙었소. 촌뜨기들."

제9장

　이제 집의 정원으로 내려가 기사를 기쁘게 해주어야 했다. 하지만 그렇게 하면 그는 포도주를 한 병 딸 것이고, 그 포도주 값을 소작인들에게 지불해야 할 것이다. 그래서 나는 이제 늦었으니 마을로 돌아가야겠다고, 그 시간에는 아무것도 먹지 않는다고 말했다. 기사를 그 숲에, 소나무들 아래 남겨둔 채로, 나는 떠났다.

　그 이후 가미넬라 언덕길을 따라 다리의 갈대숲을 지나갈 때마다 기사와의 일이 떠오르고는 했다. 안졸리나와 줄리아와 함께 놀고 토끼에게 먹일 풀을 베던 그곳. 친토는 가끔 다리에 나타났다. 내가 낚싯줄과 바늘을 선물하면서 먼 바다에서 어떻게 물고기를 낚는지, 어떻게 갈매기를 총으로 쏘는지 이야기해주곤 했기 때문이다. 여기서는 산그라토 언덕도 마을도 보이지 않는다. 하지만 가미넬라와 살토의 거대한 구릉들, 카넬리 너머의 멀리 떨어진 언덕들 위로 나무들과 갈대숲, 어두운 덤불숲이 보였고, 그리고 그 모습은―언제나 같은 모습이었다―기사의 언덕을 닮은 듯했다. 소년일 때 나는 저 위쪽까지 올라갈 수 없었고 청년이 돼서는 일을 하고 축제와 무도회에 만족해했다. 이제는 저 위 평원에, 갈대들과 흩어진 마지막 농가들 너머에 무엇이 있을지 곰곰이 생각해보아도 알 수 없었다. 거기에 무엇이 있을 수 있을까? 저 위는 경작되지 않은 채 햇볕에 그을려 있었다.

"올해는 불 피웠니?" 나는 친토에게 질문하며 말을 이었다. "우리는 항상 피웠지. 성 요한 축일* 밤에는 언덕이 전부 탔지."

"보잘것없어요." 친토는 말했다. "마을 쪽에선 크게 태우지만 여기서는 안 보여요. 피올라가 그러는데, 한번은 나뭇단까지 다 불태웠었대요."

피올라는 친토의 누토 같은 벗으로, 키가 크고 재빠른 소년이었다. 나는 피올라를 따라 벨보 강을 달려가는 친토를 본 적이 있다.

"그런데 왜 그런 불을 피울까?" 내가 말했다.

친토는 듣고 있었다. 나는 말을 이었다. "내가 어릴 때 노인들은 그 불이 비를 내리게 한다고 했어…… 너희 아버지는 불을 피우셨니? 올해는 비가 필요하니까…… 아마도 사방천지에서, 들판에 불을 피울 거야."

"그러니까 들판에 좋은 거네요. 살찌게 하니까." 친토는 말했다.

친토는 마치 다른 사람 같았다. 누토가 내게 말하는 것처럼, 나는 친토에게 말하고 있었다.

"그렇다면 왜 항상 경작지 밖에서 불을 지를까?" 나는 말했다.

---

* 6월 24일의 세례자 요한 축일을 가리킨다. 일명 하지 축일로도 불리는 이 날 밤에 유럽 곳곳에서 정화의식으로 큰 불이 지펴지곤 한다.

"다음날 길거리나 강변, 황무지에 불탄 자국이 남잖아."

"포도밭을 태울 수는 없으니까요." 친토는 웃으면서 대답했다.

"그래, 하지만 거름은 좋은 땅에다 주지……"

대화가 마무리되는 일은 없었다. 화난 목소리가 그를 부르거나, 피올라나 모로네 같은 또래 소년이라도 지나가면 친토는 아버지가 그러듯이 "잠시 가볼게요" 하고 떠났기 때문이다. 그저 예의를 차리느라 나와 함께 있는 건지, 스스로 원해서 그러는 건지 전혀 알 수 없었다. 물론 제노바 항구의 생김새와 짐을 싣는 방법, 뱃고동 소리와 뱃사람들의 문신, 바다에 며칠 동안이나 나가 있었는지에 대해 이야기를 하면, 친토는 세심한 눈길로 귀를 쫑긋 세웠다. 나는 생각했다. 이 소년은 이런 다리를 하고 영영 들판에서 굶주려서 죽을 지경으로 지낼 거라고. 괭이질을 할 수도 없고, 광주리를 옮길 수도 없을 거라고. 군대에 갈 수도 없을 것이고, 따라서 도시도 보지 못할 거라고. 하지만 적어도 내가 이 아이한테 의욕이라도 불어넣을 수 있다면……

"그 뱃고동 소리, 전쟁이 났을 때 카넬리에서 울리던 사이렌 소리 같은 건가요?" 내가 이야기를 들려주던 날, 친토가 물었다.

"그 소리가 들렸어?"

"그럼요. 기차 기적보다 더 크다고들 하던데요. 모두가 다 들었어요. 밤에 카넬리에 폭격이 있는지 보러도 나갔고요. 나도 들었고, 비행기도 봤는걸요……"

"하지만 그때 너는 아직 안겨 다닐 나이였을 텐데……"

"분명히 기억해요."

내가 친토와 이야기한 내용을 들려주자, 누토는 마치 클라리넷을 물 때처럼 입술을 내밀고 강하게 고개를 저었다. "너, 실수하는 거야. 잘못하는 거야. 왜 욕망을 불어넣어? 세상이 바뀌지 않으면, 언제나 불행할 텐데……"

"최소한 무얼 놓치고 있는 건지 알려주고 싶어서 그러지."

"그래서 뭐하게? 세상에는 잘사는 사람도 있고 못사는 사람도 있다는 걸 알아서 걔한테 무슨 도움이 되는데? 그걸 이해할 능력이 있다면 자기 아버지를 보는 것으로 충분해. 일요일에 광장에 가보는 것으로 충분하다고. 성당 계단에는 그 아이처럼 절름발이에 구걸하는 사람이 항상 있잖아. 성당 안에는 부자들을 위한 놋쇠 이름표가 붙어 있는 자리가 있고."

"더 깨우칠수록 더 많은 것을 알게 되는 법이야." 나는 말했다.

"하지만 미국까지 보낼 필요는 없다. 미국은 이미 여기에도 있으니까. 여기에도 백만장자가 있고 굶어죽는 자가 있지."

친토는 일을 배워야 하고 그러려면 아버지 손아귀에서 벗어나야 한다고 나는 말했다. "사생아로 태어났다면 차라리 낫겠지. 떠나고 벗어나기 위해서는, 사람들 속으로 들어가지 않으면 제 아버지처럼 자랄 거라고."

"바꿔야 할 것들이 있지." 누토는 말했다.

그래서 나는 말했다. 친토는 영민하다고, 우리에게 모라 농장이 그랬던 것처럼 걔한테도 농장이 필요한 거라고. "모라 농장은 세상과 같았어. 바로 미국이었고 바다의 항구였지. 가는 사람, 오는 사람이 있었고, 일도 하고 이야기도 나누었어…… 지금은 어린애지만 친토도 곧 자랄 거야. 아가씨들도 만나겠지…… 세상에 눈뜬 아가씨들을 만난다는 것이 무슨 의미인지 잘 알잖아. 이레네나 실비아 같은 아가씨들을 만난다는 것 말이야……"

누토는 아무 말도 없었다. 그가 모라 농장 이야기를 하고 싶어 하지 않는다는 걸 깨달았다. 음악가 시절 이야기를 하면서도 아주 오래전 우리가 소년이었을 때 이야기는 하지 않았다. 또 이야기를 이어가다 마음대로 주제를 바꾸기도 했다. 그런데 이번에는 입술을 쭈뼛대며 묵묵히 있더니만, 내가 그루터기들에 놓는 불 이야기를 꺼내자 그제야 고개를 들더니, 갑자기 이렇게 말했다. "당연하지, 그렇게 하는 것이 잘하는 일이지. 땅을 깨어나게 만드니까."

"하지만 누토, 그런 것은 친토도 믿지 않아."

누토는 말했다. 그 이유가 무언지는 모른다고, 수액이 깨어나게 만드는 것이 열인지, 아니면 불꽃인지. 어찌 됐든 간에, 가장자리에서 불을 놓아서 태운 경작지가 더 싱싱하고 단물 많은 수확을 내는 것은 사실이라고.

"새로운 이야기로군. 그렇다면 너, 달도 믿어?"

누토는 말했다. "당연하지, 믿을 수밖에. 보름달이 떴을 때 소나무를 잘라봐, 벌레들이 다 먹어버릴걸. 나무통은 초승달이 됐을 때 씻어야 해. 심지어 접붙이기도 초승달 무렵에 하지 않으면 잘 붙지를 않는 거라고."

나는 세상에서 많은 이야기를 들었지만 이보다 황당한 이야기는 없었다고 대꾸했다. 정부나 신부들 설교에 대해 할 말이 많더라도 할머니의 어머니아버지나 믿을 법한 그런 미신을 믿는 건 아무짝에도 쓸모가 없는 거라고. 그러자 누토는 아주 침착하게, 미신이란 피해를 주기도 한다면서, 만약 누군가 달과 불을 이용해 농부들을 강탈하고 무지 속에 머물게 한다면, 그가 바로 무지한 자이며,

광장에서 총으로 쏘아죽여야 할 거라고 했다. 어쨌든 입을 열기에 앞서 나는 다시 시골뜨기의 입장으로 돌아갈 필요가 있었다. 다른 것은 아무것도 모르는 발리노 같은 노인이라 할지라도 땅에 대해서만큼은 잘 알 테니까.

성난 개들처럼 한참 언쟁을 벌이다 제재소에서 그를 부르는 바람에, 나는 웃으며 큰길로 내려갔다. 모라 농장 쪽으로 가고픈 맘이었지만 무척 더웠다. 맑고 눈부신 날, 카넬리 쪽을 보며 벨보 강 맞은편 가미넬라와 그 옆 살토 언덕, 멀리 떨어진 언덕 등성이들 위, 플라타너스들 사이로 옆면이 보이는 붉은 니도의 저택으로 눈길을 던졌다. 수많은 포도밭, 수많은 기슭, 허옇게 될 만큼 그을린 수많은 등성이들이 보이자, 포도 수확이 한창이던 모라 농장 포도밭으로 되돌아가, 마테오 씨네 딸들이 바구니를 들고 오는 모습을 다시 보고 싶어졌다. 니도 저택의 구릉 아래, 카넬리로 뻗은 나무들 너머에 모라 농장이 있었다.

나는 다리를 건너 벨보 강을 지나쳐 걷는 동안, 괭이질이 잘 되어 있고 잘 묶여 필요한 만큼의 잎사귀로 8월의 햇볕에 달궈진 흙내 나는 포도밭보다 아름다운 것은 없다는 생각을 했다. 잘 가꿔진 포도밭은 건강한 육체, 고유의 숨결과 땀을 가진 살아 있는 육체와 다를 바 없다. 다시 주위를 둘러보며 나무들, 조그마한 갈대숲, 그 기슭—주위에 있는 모든 장소와 마을의 이름—을 떠올렸다. 불필요하며 수확을 내지 않더라도 그것들, 각각의 포도밭과 그 덤불은 고유한 아름다움을 지니고 있고, 그곳에 눈길을 돌려 새둥지를 찾게 되면 더 기쁨을 느끼지 않을 수 없다. 그리고 '여자들에게도 그와 비슷한 면이 있다'고 생각했다.

'난 멍청이야. 떠나 있던 스무 해 내내 이곳이 날 기다리고 있었어.' 처음 제노바 거리를 걸을 때의 실망감이 떠올랐다. 작은 풀밭이라도 있나 싶어 도시를 배회했다. 항구가 있고 아가씨들이 있고 가게와 은행이 있었다. 하지만 갈대숲과 나뭇단 냄새, 포도밭은 어디 있었던가? 달과 불 이야기는 나도 알고 있었다. 알고 있었다는 것을 이제야 깨닫게 됐을 뿐이다.

제10장

　　이런 것을 생각하기 시작하면 끝이 없었다. 수많은 사실과 수많은 욕망과 수많은 과거의 부끄러움이, 내가 성공을 이루었고 친구들과 집을 갖고 있으며 심지어 가정을 이루고 정원을 가꿀 수도 있으리라 믿었던 시절이 떠올랐기 때문이다. 나는 그렇게 믿었고, 나 자신에게 말하기도 했다. '만약 이만큼 돈을 벌게 된다면, 한 여자와 결혼을 해서 아들과 함께 아내를 고향으로 보낼 거야. 거기서 나처럼 자라면 좋겠지.' 하지만 나는 아들을 가진 적 없고 아내는 말할 것도 없다. 바다 건너에서 온 가족에게, 달과 불에 대해 아무것도 모르는 가족에게 이 계곡은 무엇일까? 이곳에 뼈를 묻어야 하고, 포도주와 폴렌타처럼 이곳을 뼛속에 지녀야 한다. 두말할 나위도 없이, 그래야 이곳에 대해 알게 되며, 오랜 세월 깨닫지 못한 채 몸속에 지니고 다니던 모든 것이 마차의 삐걱거림에, 황소가 꼬리를 휘두르는 소리에, 수프의 맛에, 한밤중 광장에서 들려오는 어느 목소리에 다시 깨어나게 되는 것이다.

사실인즉 친토는 어릴 적의 나와 마찬가지로—이런 것을 모르고 있었다. 혹시라도 이곳을 떠나본 사람이라면 모를까, 마을의 어느 누구도 알지 못했다. 친토에게 나를 이해시키려면, 마을의 누군가에게 나를 이해시키려면, 바깥세상에 대해 말해야 했고, 나 자신에 대해 말해야 했다. 아니, 차라리 거기에 대해 입을 열지 않는 게 나을는지도, 마치 아무 일도 없었던 듯이 행동하며, 내 얼굴과 주머니에 미국과 제노바와 돈을 품고 다니는 게 나을는지도 모른다. 사람들은 그런 것을 좋아하니까. 물론 나를 이해하고자 노력하는 누토를 제외하고 말이다.

안젤로 여관, 시장, 마당에서 나는 사람들을 보았다. 누군가는 날 찾아왔고 다시금 날 '모라 농장 사람'으로 불렀다. 그들은 내가 무슨 일을 하는지, 안젤로 여관을 사려는 건지, 노선버스를 사려는 건지 궁금해했다. 광장에서 나를 주임신부에게 소개하면 신부는 부서진 경당經堂 이야기를 했다. 면사무소 서기에게 소개하면 서기는 날 한구석으로 데려가, 만일 찾아보고 싶다면 말이지만, 면사무소에 분명 내 신상 관련 서류가 있을 거라고 속삭였다. 나는 알레산드리아 병원에 이미 가보았다고 대답했다. 가장 덜 귀찮게 하는 사람은 언제나 기사였는데, 그는 마을의 옛 장소들과 예전 면장의 악행에 대해 전부 알고 있었다.

길거리나 농가들이 내게는 더 편했다. 하지만 여기서도 사람들은 나를 믿지 않았다. 누구에게 설명할 수 있을까? 내가 원하는 것은 오로지 예전에 보았던 것을 다시 보는 것뿐이라고. 수레들을 보고, 건초 더미를 보고, 마차, 철책, 치커리 꽃, 파란색 격자무늬 손수건, 조롱박, 괭이 손잡이를 보려는 것이라고. 늘 보아온 얼굴들, 주름살투성이의 노파, 조심성 많은 황소, 꽃무늬 옷을 입은 아가씨, 비둘기 집이 있는 지붕이 나는 좋았다. 내게는 몇 해가 아니라 몇 계절이 지났을 뿐인 것 같았다. 내가 만나는 것들과 대화들이—세상이 창조되기 전의 무더위, 축제, 수확 같은 것들이—예전과 똑같을수록 더 좋았다. 수프, 포도주, 낫, 마당의 나무둥치도 마찬가지였다.

여기서 누토는 말했다. 내가 틀렸다고, 저항했어야 한다고. 그 언덕에서 사람들은 아직도 짐승 같은 비인간적인 삶을 살고 있으며, 전쟁은 아무 소용도 없었고, 죽은 자들을 제외하면 모든 게 예전과 똑같다고.

우리는 발리노와 처제의 이야기도 했다. 발리노가 처제와 같은 침실을 쓰는 건 사실 큰일이 아니었고—달리 무엇을 할 수 있겠는가—그 집에서는 더 불길한 일이 일어나고 있었다. 누토는 벨보 강 너머에서 여자들이 비명을 지르는 소리를 들었다고 했다. 발리노가 혁대를 풀어 여자에게 짐승처럼 채찍질을 하고 심지어 친토에게도 채찍질을 하는데, 별로 많이 갖지도 못한 포도주 때문이 아니라, 출구 없는 삶의 분노, 가난 때문이라는 거였다.

나는 파드리노와 가족의 마지막에 대해서도 알게 되었다. 내게 집을 팔려던 콜라의 며느리가 이야기해주었다. 오두막을 팔아 손에 쥔 서너 푼의 돈을 가지고 코사노로 간 파드리노는 늙어 죽었다고, 지독하게 늙어 사위들한테서 쫓거나—쫓겨난 것은 그 몇해 전의 일이었다—길에서 죽었다고 했다. 작은딸은 아직 소녀였을 때 결혼했고, 큰딸 안졸리나는 그 이듬해 결혼했는데—사위들은 마돈나델라로베레*의 숲 너머 농가에 사는 두 형제였다. 그 위쪽에서 딸들은 늙은 아버지와 자식들과 함께 지내며 포도나무 돌보는 일과 폴렌타 만드는 일밖에 하지 않았고, 너무 외딴 곳에 있었기에 한 달에 한 번만 내려와 빵을 만들었다. 두 남편은 황소와 여자를 마구 부리며 열심히 일했다. 그러다 작은딸은 들판에서 벼락을 맞아 죽었고, 큰딸 안졸리나는 자식을 일곱이나 낳은 뒤 갈빗대 안쪽의 종양과 함께 자리에 누워 석 달 동안 괴로워하고 비명을 지르다가―의사는 일 년에 한 번 그 위로 올라왔다―신부도 보지 못하고 죽었다. 딸들이 죽자 집에서는 더이상 누구도 늙은 아버지에게 먹을 것을 주지 않았고, 그래서 파드리노는 들판과 장터를 돌아다니게 되었다. 하얀 수염에 지푸라기가 가득 묻은 그의 모습을 전쟁이 터지기 일 년 전에 콜라가 얼핏 보았단다. 그러다가 마침내 그마저, 구걸하러 들어간 어느 농가 마당에서 죽었다는 것이다.

그러니 나의 이부누이들을 찾고, 혹시라도 아직까지 나를 기억하는지를 확인하러 코사노에 갈 필요도 없어졌다. 그해 겨울 죽은 어머니처럼, 입을 벌린 채 길게 누워 있는 안졸리나의 모습이 내 머릿속에 남았다.

그 대신에 어느 날 아침 나는 카넬리에 가보았다. 철도를 따라 모라 농장 시절 여러 번 다니던 길로 갔다. 살토 언덕 아래를 지나고, 니도 저택 아래를 지나, 모라 농장 지붕에 닿은 라임나무와 누이들의 테라스, 유리문, 우리가 잠을 자던 현관 옆의 낮은 방을 보았다. 모르는 목소리들이 들려와, 나는 길로 돌아갔다.

---

* Madonna della Rovere. 토리노 동남쪽 외곽의 작은 마을이다.

어린 시절에는 없었던 기다란 길을 따라 카넬리에 들어서자 곧바로 냄새가 풍겨왔다—포도주 찌꺼기, 벨보 강의 숨결, 베르무트가 뒤섞인 냄새였다. 늘어선 창가에 꽃이 놓인 좁은 길은 예전과 똑같았고, 사람들의 얼굴과 사진관, 작은 저택들도 똑같았다. 가장 움직임이 많은 곳은 광장이었다—새로운 카페, 주유소, 먼지 속에서 오가는 오토바이들, 커다란 플라타너스는 아직도 그 자리에 있었다. 언제나 돈은 흐르고 있었다.

나는 은행과 우체국에서 오전을 보냈다. 조그마한 마을—그 주변 언덕에 얼마나 많은 다른 별장과 저택이 있는지 누가 알겠는가? 커가면서 나는 착각에서 벗어났다. 카넬리의 이름은 세상에 알려져 있었고, 이곳에서는 널따란 창문이 항상 열려 있었다. 벨보 강의 다리에서 나는 골짜기를, 니차 쪽으로 이어진 낮은 언덕들을 바라보았다. 아무것도 바뀌지 않았다. 다만 지난해 한 소년이 아버지와 함께 포도를 팔러 마차를 타고 왔을 뿐이다. 친토에게도 카넬리가 세상의 문일지 누가 알겠는가?

그제야 모든 것이 바뀌었음을 깨닫게 되었다. 내게 카넬리는, 골짜기와 언덕과 강둑처럼, 그 자체로 좋았다. 여기서 모든 것이 끝났기 때문에 좋았고, 해가 아니라 계절이 바뀌는 마지막 마을이었기 때문에 좋았다. 카넬리의 사업가들은 원한다면 모든 포도주를 만들 수 있었고, 사무실과 기계와 화물차와 창고를 갖출 수 있었다. 그것이 바로 내가 하는 일이었다—여기서 제노바로, 또 어딘지 모를 곳으로 향한 길이 시작되었다. 나는 가미넬라에서 출발하여 그 길을 갔다. 만약 내가 다시 소년이 된다 해도 또다시 그 길을 가리라. 하지만 그다음은? 누토는 정말로 떠나본 적이 없는데도 세상을 이해하고 싶어하고, 모든 것을 바꾸고 싶어하고, 계절들을 깨뜨리고 싶어한다. 어쩌면 아닐지도 모른다. 그는 여전히 달을 믿으니까. 하지만 나는 달을 믿지 않고, 요컨대 계절만이 중요하다는 것을, 계절이 뼈를 만들며 어린 시절 먹던 것들을 만들었음을 알고 있다. 카넬리는—카넬리와 벨보 계곡은—세상 전부이고, 언덕 위에서는 시간이 흐르지 않는다.

저녁 무렵 철도를 따라 큰길로 돌아왔다. 긴 길을 지나고, 니도 저택 아래를 지나고, 모라 농장 아래를 지나갔다. 살토에 있는 집에서 누토를 만났다. 앞치마 차림으로 대패질을 하며 휘파람을 불고 있었지만, 어두운 얼굴이었다.

"무슨 일이야?"

어떤 사람이 경작되지 않은 곳을 개간하다가 가미넬라 언덕 위 평원에서 시신 둘을 발견했는데, 머리가 깨진 채 신발도 없는 파시스트* 스파이였다는 것이다. 의사와 검찰관이 면장과 함께 달려올라가 누구인지 확인해보려 했지만, 삼 년이나 지난 마당에 어떻게 확인할 수 있었겠는가? 파시스트 스파이가 분명하다고 했다. 왜냐하면 빨치산들은 계곡에서 죽거나, 광장에서 총살당하거나, 발코니에 목매달려 죽거나, 아니면 독일로 끌려갔으니까.

"뭐 신경쓸 필요 있어? 다 아는 일인데." 내가 말했다.

하지만 누토는 휘파람을 불며, 어두운 얼굴로 생각에 잠겼다.

---

* 원문의 repubblichino는 공화주의자라는 뜻이지만, 1943년 무솔리니가 세운 이탈리아사회공화국 옹호자들을 가리킨다. 이들은 빨치산과 자주 충돌했다.

제11장

철로를 따라 걸을 때마다―여기 우리 고장에 아직 전쟁이 나지 않았던―몇 해 전의 어느 날 밤이 머릿속에 떠오르곤 했다. 곧 닥쳐올 일들―전쟁, 구금, 몰수 같은 것―을 이미 감지한 나는 모든 것을 팔고 멕시코로 이주할 참이었다. 국경 아주 가까운 그곳 프레즈노에서 비참한 멕시코 사람들을 충분히 보았으므로 어디로 가야 할지도 잘 알고 있었다. 하지만 멕시코 사람들이 나의 술 상자들을 어떻게 처리할지 모른다는 생각에 마음을 바꾸었고, 그때 전쟁이 터졌다. 나는 될 대로 되라고 내버려두었다―예상하고, 달려가고, 또다시 내일을 시작하는 일에 지쳐 있었다. 그러다 지난해 제노바에서 다시 시작하게 된 것이다.

사실 전쟁이 오래 가지 않으리란 걸 알았지만 무언가를 하려는, 일하고 스스로 드러내려는 의욕이 손아귀에서 빠져나갔다. 십 년 전부터 익숙해진 그런 삶과 사람들에게 새삼 두려움과 짜증이 일었다. 난 트럭을 몰고 국도를 따라 돌아다니며 사막까지, 유마까지, 거대한 나무숲까지 갔다. 샌와킨 계곡이나 늘 같은 얼굴이 아닌, 다른 걸 보고픈 열망에 사로잡혔다. 전쟁이 끝나면 어쩔 수 없이 다시 바다를 건너게 되리란 것, 지금 영위하는 삶은 추하고 잠정적이라는 것은 이미 알고 있었다.

그러다 남부의 도로를 다니는 일도 그만두었다. 그곳은 너무 넓어 어디에도 닿지 못할 터였다. 이제 나는 철도원들과 헤매다 여덟 달 만에 캘리포니아에 닿던 시절의 젊은이가 아니었다. 많은 장소는 아무 장소도 아니라는 뜻일 뿐이다.

그날 저녁 허허벌판에서 트럭이 고장났다. 예상대로라면 밤에는 37번 정류장에 가서 잠을 잘 요량이었다. 날은 추웠다. 먼지 날리는 메마른 추위에 들판은 비어 있었다. 들판, 이것도 미화된 표현이다. 눈길 닿는 데마다 가시덤불의 드넓은 잿빛 모래, 언덕이라고도 할 수 없는 둔덕, 철도, 전신주뿐이었다. 엔진을 잡고 씨름했지만―더는 할 게 없었다. 여분의 플러그가 없었다.

문득 두려움이 밀려들었다. 하루 온종일, 마주친 거라고는 해안으로 가는 자동차 두 대뿐이었다. 내가 가는 방향으로는 단 한 대의 자동차도 없었다. 그곳은 국도가 아니었다. 들판을 가로지르려 했기 때문이다. 기다리자. 누군가 지나가겠지. 그러나 이튿날까지 아무것도 지나가지 않았다. 다행히 뒤집어쓸 담요가 있었다. "내일은?" 혼잣말을 중얼거렸다.

내게는 철도에 깔린 모든 자갈들, 침목들, 메마른 엉겅퀴의 솜털, 도로 아래 우묵한 곳에 자리한 선인장 두 그루의 두터운 몸통을 하나하나 살펴볼 시간이 있었다. 자갈들은 세상의 모든 철도 자갈처럼 기차에 그을린 색깔이었다. 선선한 바람이 도로 위로 불며 소금 같은 짠내를 실어왔다. 겨울처럼 추웠다. 땅거미가 지고 서서히 들판은 자취를 감추고 있었다.

저 들판 땅굴에는 맹독성 도마뱀과 지네가 돌아다니고 뱀이 그곳을 지배한다는 걸 알고 있었다. 야생의 들개들이 울부짖기 시작했다. 들개들은 위험한 동물이 아니었지만, 그들은 내가 미국의 밑바닥에, 가장 가까운 정류장과 자동차로 사흘거리에 떨어진, 황량한 사막 한복판에 있다는 사실을 상기시켰다. 그렇게 어둠이 내리고 밤이 되었다. 유일한 문명의 흔적이라곤 철도와 전신주뿐이었다. 최소한 기차라도 지나갔으면…… 벌써 수차례 나는 전신주에 몸을 기대고 어릴 때 했던 그대로, 전기가 붕붕거리며 흐르는 소리를 들었다. 전기는 북쪽에서 와서 해안으로 흘러 갔다. 나는 다시 지도를 펼쳐 살피기 시작했다.

들개들은 평원의 잿빛 바다에서―수탉의 노래처럼 허공 찢는 소리로―연신 울부짖으며 추위와 혐오감을 불어넣었다. 위스키를 한 병 가져온 게 다행이었다. 계기판 불을 켰다. 전조등은 감히 켜지 못했다. 최소한 기차라도 지나갔으면……

사람들이 흔히 하던 이야기, 아직 도로가 없던 시절에 그곳으로 간 사람들의 이야기, 후미진 곳에 길게 누운 뼈와 옷가지만 발견되고 아무것도 없었다는 이야기가 머릿속에 떠올랐다. 강도들, 목마름, 내리쬐는 태양, 뱀들도. 사람들이 서로를 죽이고, 머물기 위해서가 아니면 누구도 땅에 발을 딛지 않던 시절이 이곳에 있었을 것이다. 철도와 도로의 희미한 선만이 인간이 그곳에서 노동한 흔적의 전부였다. 별빛 아래 후미진 곳과 선인장 사이로 들어가, 이

도로에서 벗어날 수 있을까?

　아주 가까운 곳에서 들개 한 마리가 울부짖는 소리, 돌멩이 구르는 소리를 듣고 깜짝 놀랐다. 계기판을 껐다가 거의 바로 다시 켰다. 저녁 무렵 내가 추월해 지나온 멕시코 사람들의 마차를 떠올리며 두려움을 쫓았다. 노새가 끄는 그 마차에는 보따리들과 물건 더미들, 냄비들이 한가득 실려 있고, 얼굴들이 잔뜩 솟아 있었다. 샌버너디노나, 그 너머 어딘가로 계절노동을 하러 가는 가족임이 분명했다. 아이들의 야윈 발과 도로에 끌리는 노새의 발굽을 번갈아 보았다. 후줄근한 하얀색 바지가 바람에 펄럭이고 있었고, 노새는 목을 길게 내민 채 마차를 끌고 있었다. 그들 곁을 지나쳐 가면서, 나는 그 불쌍한 사람들은 어느 후미진 곳에서 밤을 보내겠구나 하고 생각했다―37번 정류장에는 그날 저녁까지 도착하지 못할 것이라 예상했었다.

　그들도 어딘가에 집을 갖고 있을까? 이런 곳에서 태어나 살아갈 수 있을까? 하지만 그들은 적응해 계절노동이 있는 곳이면 어디든 찾아다닌다. 평온이 허락되지 않는 생, 일 년의 절반은 동굴, 절반은 들판에서 산다. 알레산드리아 병원에 갈 필요도 없다―이 세상은 그들을 집에서 쫓아낸 뒤 배고픔과, 철로와, 그들의 혁명과, 석유와 살아가도록 했고 노새가 끄는 대로 덜컹거리며 따라가고 따라오게 만들었다. 노새가 있으면 그나마 낫다고 할 수 있다. 아내 없이 맨발로 떠나는 사람도 있으니까.

　트럭 운전석에서 내려 몸을 덥히려 도로에서 발을 동동 굴렀다. 벌판의 모호한 그림자가 점점 흐려지고 어둠에 잠겨 길은 거의 보이지 않게 되었다. 얼음 바람이 모래 위로 끊임없이 몰아치는 가운데, 이제는 들개도 침묵하고 한숨과 목소리의 잔향만 들려왔다. 더는 걱정이 일지 않을 만큼 많이 마셨다. 마른 풀, 짭조름한 바람, 프레즈노의 언덕을 생각했다.

그리고 기차가 왔다. 처음에는 한 마리 말, 자갈길 위로 마차를 끄는 말 같았는데 어느 순간 전조등이 보였다. 나는 그것이 자동차이거나 멕시코 사람들의 마차이길 바랐다. 곧 들판이 온통 시끄러운 굉음으로 가득차고 불꽃이 튀었다. 뱀과 전갈들은 이런 광경을 보고 뭐라 할까? 도로 위에 선 나를 향해 돌진하는 기차는 좁은 창문의 불빛으로, 내 트럭과 선인장, 깜짝 놀라 줄행랑치는 작은 짐승 하나를 비추더니, 덜컹거리며 대기를 빨아들이곤 내 뺨을 후려치며 지나갔다. 그렇게 기다렸는데 다시 어둠이 내려앉고 모래가 휘날렸고, 도대체 이 자들은 사막에서조차 날 평온히 놔두질 않는구나 싶었다. 감옥에 갇히지 않으려 내일 당장 도망쳐 숨어야 할 때도 기차가 돌진하듯 벌써 경찰의 손이 덮쳐오는 걸 느낄 수 있는 곳. 그런 곳이 미국이었다.

나는 운전석으로 되돌아와 담요를 덮고서, 벨라비스타 도로 모퉁이에 있는 듯, 눈을 붙이려 해보았다. 캘리포니아 사람들이 대단하긴 하지만, 그들 중 어느 누구도 할 줄 몰랐던 일을 그 누더기 차림의 멕시코 사람들 서너 명이 지금 하고 있다는 생각이 맴돌았다. 이 사막, 자신들이 집으로 삼은 이와 같은 사막에서 여자들과 아이들과 함께 야영을 하고 잠을 자는 그들이라면, 어쩌면 뱀들하고도 잘 통하지 않을까. 멕시코에 가볼 필요가 있다고 생각했다. 분명 나에게 어울리는 나라일 테니까.

밤이 더 깊어졌을 때 나는 들개들이 울부짖는 소리에 깜짝 놀라

잠에서 깼다. 들판 전체가 싸움터나 운동장 같았다. 불그스레한 불빛이 보였기 때문에 나는 뻣뻣하게 굳은 몸으로 밖으로 나왔다. 나지막한 구름들 사이로 조각달이 솟아올라 있었고, 그것은 꼭 칼로 벤 상처가 들판으로 피를 흘리는 것처럼 보였다. 한참 동안 그 광경을 바라보았다. 너무 무서웠다.

제12장

누토는 틀리는 법이 없었다. 가미넬라 언덕의 두 시체는 골칫거리였다. 의사, 은행 출납원, 스포츠 애호가 청년 서너 명이 바에서 베르무트를 마시다가 흥분하여 떠들어대더니, 본연의 의무에 충실한 불쌍한 이탈리아인들 가운데 얼마나 많은 사람이 빨갱이들에게 야만적으로 살해당했을지 서로에게 묻기 시작했다. 실제로 광장에서는 빨갱이들이 재판도 없이 목덜미를 쏘았다는 이야기가 낮은 소리로 오갔다. 게다가 지나가던 여선생—안경을 쓴 조그마한 여선생—은 면서기의 누이이자 몇몇 포도밭의 주인이기도 했다. 그녀는 자신이 언덕 기슭으로 가 다른 시체를 찾아볼 작정이라고, 발레리오나 파예타,* 카넬

---

* '발레리오 대령'으로 알려진 에우디시오Walter Audisio(1909-1973)는 알레산드리아 출신 빨치산 대장으로 1945년 4월 28일 체포된 무솔리니를 처형했다. 파예타Giancarlo Pajetta(1911-1990)는 토리토 출신 정치가로 역시 빨치산 지도자였다.

리의 당서기 같은 더러운 공산주의자들을 감옥에 처넣거나 목매 달게 만들 수만 있다면 곡괭이로 수많은 불쌍한 젊은이들의 시체를 모두 파헤칠 준비가 되어 있다고 소리를 질러댔다. 그때 누군가가 말했다. "공산주의자들을 기소하기는 어려워. 여기, 이 패거리들은 독자적인 세력이었거든." 그러자 또다른 사람이 말했다. "그게 무슨 상관이야? 담요를 징발하던, 그 숄 두른 절름발이 기억 안나?" "창고가 불탔을 때는 어땠고……" "독자적인 세력이든 뭐든 간에, 사방이 온통 놈들뿐이었잖아……" "독일군들 기억나?……"

"독자적인 세력이든 아니든 상관없어. 빨치산은 다 살인자야!" 빌라 부인의 아들이 소리쳤다.

의사가 천천히 주위를 둘러보며 말했다. "내가 보기에 잘못은 한 개인에게 있는 게 아니에요. 온통 게릴라, 불법, 유혈 상황이었으니까. 그 두 사람은 진짜 스파이였는지 모르죠……" 그는 말을 멎더니 목소리를 낮추며 다시 연설을 시작했다. "하지만 누가 처음 무리를 조직했습니까? 누가 내전을 원했죠? 누가 독일군과 다른 사람들을 도발했죠? 공산주의자들입니다. 늘 그자들이지요. 그들에게 책임이 있죠. 그자들이 살인자예요. 우리 이탈리아 사람들이 그들을 그냥 놔둔 건 그냥 체면 탓이죠……"

모두가 그런 결론을 환영했다. 그때 내가 동의할 수 없다고 말했다. 사람들은 왜냐고 물었다. 나는 말했다. 그해 겨울 미국에 있었다고. (침묵.) 그리고 미국에서 나는 구금 상태였다고. (침묵.) 바로 그 미국에서 신문에 국왕과 바돌리오*의 성명서가 실렸는데, 그 내용은 이탈리아 사람들에게 더러운 일에 뛰어들라고, 게릴라전을 하라고, 독일군과 파시스트들을 뒤에서 공격하라고 명령하는 것이었다고. (작은 미소.) 이제 그 일을 기억하는 사람은 없었다. 다시 논쟁이 시작되었다.

내가 자리를 뜨려고 할 때 여선생은 이렇게 소리쳤다. "모두가 다 후레자식들이에요. 그들이 원했던 것은 우리 돈이니까요. 러시아처럼 땅과 돈을 원했던 것이라고요. 그러고는 항의하는 사람이 있으면 없애버렸죠."

마을에 와서 듣고 있던 누토는 울적한 표정이었다. 나는 물었다. "아니, 도대체 이 청년들 중에 공산주의자로 활동한 사람이 하나 없다는 게, 그 말도 꺼낼 수 없다는 게, 말이 돼? 제노바에서는 빨치산들이 기관지도 갖고 있다고……"

누토는 대답했다. "이 사람들 중에는 없어. 모두들 그 이튿날 삼색 손수건**을 맸던 사람들이니까. 니차에서 공무원으로 일한 사람들도 있고…… 누군가는 정말 위험을 무릅쓰기도 했지만 그가 누군지는 말할 생각 없다."

사망자들의 정체는 알 수 없었다. 마차에 실려 구 병원으로 옮겨진 그들을 많은 이가 봤지만 다들 입을 삐죽이며 나왔다. 여자들은 골목에서 수군거렸다. "누구나 당하는 일이래도 저건 너무 흉해." 검찰관은 둘 중 작은 체구의 사람 목에 걸린 야누아리우스 성인*** 메달

---

* Pietro Badoglio(1871-1956)는 군인이자 정치가로 무솔리니가 실각한 후 1943년 7월 25일부터 1944년 6월 8일까지 수상을 역임했다. 당시 이탈리아 국왕은 비토리오 에마누엘레 3세(1869-1947)였다.
** 이탈리아 국기의 녹색, 백색, 적색으로 이뤄진 손수건을 말한다. 이는 무솔리니 파시스트 세력을 옹호했다는 뜻이다.
*** Ianuarius(272-305). 이탈리아어명은 Gennaro이며 나폴리 주교, 순교자다. 이탈리아 남부 여러 곳의 수호성인으로 추앙받는 인물이다.

로 보고, 남부 사람으로 추정된다고 결론지었다. 그는 '신원 미상'으로 선언하고 조사를 종결했다.

하지만 종결하지 않고 매달린 사람이 있었으니 바로 주임신부였다. 그는 곧 면장, 경찰서장, 가장위원회, 수도원장을 소집했다. 기사가 나한테 그 이야길 해주었는데, 그는 아무 말 없이 성당 의자에서 자기네 놋쇠 이름표를 떼어낸 신부에게 유감이 많았다. 그는 말했다. "어머니가 앉으셨던 의자예요. 어머니는 성당을 위해 저런 촌뜨기 열 명보다 더 많은 일을 하셨는데."

빨치산에 대해선 판단을 보류했다. "젊은이들이잖소. 전쟁을 하게 된…… 생각하면, 그 많은 사람이……"

요컨대 주임신부는 자신의 방앗간 쪽으로 물길을 돌린 셈이었다. 그는 카 네레* 앞에서 교수당한 빨치산 기념비 제막식에 대해 아직도 분을 삭이지 못하고 있었다. 그 제막식은 두 해 전에 아스티에서 온 사회주의자 하원의원에 의해 신부가 없는 가운데 거행되었었다. 신부는 사제관에서 모임을 열고 독설을 토해냈다. 참석자들은 하나같이 맞장구를 치며 그 의견에 동조했다. 하지만 시간이 이미 많이 흘렀고, 누구도 과거 빨치산을 고발할 수 없게 된데다, 마을에는 이제 위험인물도 없었으므로, 그들은 신부의 말대로 최소한 알바까지 들릴 만한 정치적인 싸움을 벌이면서 멋진 의식을 거행하기로 결정했다. 그 두 희생자를 엄숙하게 매장하고 빨갱이에 반대하는 집회와 공개적 파문을 거행한다는 것이었다. 바로잡고 기도하기. 그 일에 사람들 전부가 동원되었다.

---

* Ca' Nere. '검은 집들'이라는 뜻.

"나는 그 시절이 하나도 그립지가 않소." 기사는 말했다. "프랑스 사람들 말마따나 전쟁은 '지저분한 수단, 살 메티에'*입니다. 어떻든 간에 신부는 죽은 사람들을 이용하고 있으니, 아마 필요하다면 제 어미까지 이용하겠지요……"

나는 누토에게도 이 이야기를 들려주었다. 누토는 뒤통수를 긁적이더니만, 땅바닥을 보며 쓰라림을 삼켰다. "이미 알고 있었어. 예전에도 집시들한테 그런 짓을 하려고 했었으니까……"

"집시들이라니?"

누토는 이야기했다. 1945년 어느 날, 청년들 한 패거리가 집시 둘을 붙잡아 왔는데, 몇 달 전부터 오가면서 이중첩자로 빨치산의 이동 상황을 밀고하던 자들이었다고 한다. "너도 알다시피 그런 패거리에는 온갖 부류가 끼어 있잖아. 이탈리아 전역은 물론 해외에서 온 사람들까지. 무지한 자들도 있었고. 그렇게 혼란스러울 수가 없었지. 그런데 그 청년들은 집시들을 사령부로 데려가는 대신, 붙잡아 우물가에 놓고 민병대 막사에 몇 번이나 갔었는지 자백하게 한 거야. 그러다가 집시 한 사람에게, 그러니까 두 사람 중 목소리가 좋은 집시한테 살고 싶으면 노래를 부르라고 주문했어. 그 집시는 묶인 채 우물가에서 노래를 했지. 심혈을 기울여 열창을 하더군. 그렇게 노래를 부르고 있는데, 그 둘을 한꺼번에 괭이로 내리쳐버린 거야…… 그들을 땅속에서 파낸 게 이 년 전인데, 신부는 그냥 성당에 가더니 설교만 하더군…… 내가 알기로 지금껏 카네레에서 죽은 사람들을 위해 설교한 적은 없어."

---

* sale métier. '추잡한 일'이라는 뜻의 프랑스어 표현.

"나라면 신부한테 가서 교수형으로 죽은 자들을 위한 미사를 요구했을 거야. 거부하면 온 마을 앞에서 창피를 주는 거지."

누토는 즐거운 기색도 없이 낄낄거렸다. "받아들일걸. 그 인간의 패거리들이 못할 일은 없으니까."

그리하여 일요일에 장례식이 열렸다. 면사무소 당국자, 경찰, 베일을 쓴 여자, '마리아의 딸'들이 모였다. 악마 같은 신부는 노란 망토를 걸친 기분 나쁜 고행수도사*까지 불렀다. 사방에 꽃들이 가득했다. 포도밭 주인인 여선생이 아이들을 시켜 정원을 망가뜨려가며 따온 것들이다. 축일 옷차림에, 빛나는 안경을 낀 주임신부는 성당 계단에서 설교를 했다. 최악이었다. 지금은 악마의 시대이며 영혼이 위험을 향해 달려가고 있다고 했다. 너무 많은 피를 흘렸고 너무 많은 젊은이가 아직도 증오의 말에 현혹되고 있다고. 조국, 가족, 종교가 여전히 위협받고 있다고. 붉은색, 순교의 아름다운 색깔이 이제 적그리스도의 상징이 됐고, 그 이름으로 많은 범죄가 저질러졌고 지금도 계속되고 있다고. 우리가 참회하고 정화해 바로잡아야 한다고, 야만적으로 살해되어—하느님께서 아시듯 성사의 위안도 없이—세상을 떠난 무명의 두 젊은이를 그리스도인으로 매장하고 그들을 위해 기도하고 양심의 바리케이드를 쳐야 한다고. 라틴어로도 몇 마디 했다. 조국 없는 자, 폭력적인 자, 하느님을 불신하는 자들에게 보여주어야 한다고. 적의 패배를 확신하지 말라고. 이탈리아의 너무 많은 곳에서 적은 지금도 붉은 깃발을 과시하고 있다고……

---

* Battuti. 원문은 '매 맞는 자'라는 뜻이다.

나는 설교가 마음에 안 들었다. 햇볕을 받으며 성당 계단에서 열변을 토하는 신부의 말을 이미 한참 전부터 듣고 있지 않았다. 그리고 어린 시절 비르질리아가 우리를 미사에 데려갔을 때를 생각하고 있었다. 그때 나는 신부의 목소리가 마치 천둥이나 하늘과 같은 것, 계절과 같은 것이라고─그래서 들판과 수확, 산 자들과 죽은 자들의 구원을 도와준다고 믿었다. 그러나 이제 나는 망자들이 신부를 도와주고 있다는 사실을 깨달았다. 늙어갈 필요도 세상을 이해할 필요도 없는 망자들이 말이다.

나 말고도 설교에 무관심한 이가 있었는데 누토가 그랬다. 광장에서 친구들 중 누군가가 그에게 눈을 찡긋하며 지나가는 말로 몇 마디 던졌다. 그러자 누토는 땅을 비비며 괴로워했다. 비록 파시스트였지만, 비록 잘 죽었지만, 어쨌든 죽은 자였으니 달리 어쩔 도리가 없었다. 죽은 자들에 관해서라면 늘 신부들이 옳다. 나는 그걸 알고 있고 누토도 알고 있다.

제13장

    그 이야기로 마을은 또다시 술렁였다. 신부는 대단했다. 그 기회를 잡아 이튿날 미사에서 불쌍하게 죽은 자들과 아직도 위험에 처해 있는 산 자들, 앞으로 태어나야 할 자들을 위해 설교했다. 파괴적인 정당에 가입하지 말라고, 적그리스도 계열의 음탕한 신문을 읽지 말라고, 필요한 경우가 아니면 카넬리에 가지 말라고, 술집에 머무르지 말라고 했고, 젊은 여자들에게는 긴 옷만 입으라고도 했다. 지금 마을에서 여자들과 상인들이 주고받는 이야기에 따르면, 압착기 아래 포도즙이 흐르듯이 저 언덕들에 피가 흐르고 있다고 말했다. 모두 약탈당하고 불탔으며, 모든 여자가 임신했다고 했다. 안젤로 여관의 탁자에 앉아 있던 전임 면장은 듣다못해 그런 일은 전혀 일어난 적도 없었다고 소리쳤다. 그러자 트럭 운전수가—칼로소 출신의 그 무뚝뚝한 사람이—찌푸린 표정으로 벌떡 일어나더니 예전에 있던 조합의 비료는 도대체 어디로 전부 가져간 거냐고 따져 물었다.

누토의 집으로 가보니, 그는 여전히 부루퉁한 표정으로 판자를 재고 있었고 아내는 집 안에서 아기에게 젖을 물리고 있었다. 화를 내다니 멍청하다, 정치로는 아무것도 얻을 수 없다고 창문 너머로 그의 아내가 소리쳤다. 마을에서 살토까지 대로를 따라오는 동안 내내 나도 그런 일들을 곰곰이 생각했지만 어떻게 내 생각을 말해야 할지 알 수 없었다. 누토는 날 보더니 자를 내팽개치고는 이제 충분하지 않으냐고, 이 지저분한 마을에서 대체 무얼 발견했느냐고 퉁명스럽게 되물었다.

"일어날 일이 일어난 거야. 말벌들을 도발하는 짓은 현명한 게 못 돼." 나는 말했다.

그러자 누토는 안쪽을 향해 소리쳤다. "코미나, 나 나간다." 그러고는 외투를 들고 물었다. "한잔할래?" 내가 기다리는 동안 그는 지붕 아래 있던 견습공 소년들에게 무언가 지시한 다음 몸을 돌리고 말했다. "지긋지긋해. 나가자고."

우리는 살토 언덕으로 올라갔다. 처음에는 아무 말 없이 "올해는 포도가 잘 됐네" 하고 별 것 없는 얘기만 주고받았을 뿐이다. 우리는 누토의 포도밭을 지나고 강둑을 지나갔다. 큰길에서 벗어나 오솔길로 접어들었다―발을 옆으로 비스듬히 디뎌야 할 정도로 가파른 길이었다. 포도나무 이랑이 휘어지는 곳에서 베르타를 보았다. 늙은 베르타는 자기 땅에서 나오지 않았다. 나는 걸음을 멈추고 그가 나를 기억하는지 몇 마디 말을 건네 보았다―그렇게 이빨이 빠진 채 아직도 살아 있으리라고는 상상도 못했다. 하지만 누토는 발걸음을 멈추지 않은 채 짧게 말했다. "인사만 해." 베르타는 날 알아보지 못했다.

옛날에 이곳 스피리타의 집 마당이 끝나는 곳까지 와봤던 적이 있다. 11월에 서양모과를 훔치러. 나는 발치로 눈길을 던졌다―메마른 포도밭, 절벽, 살토의 붉은 지붕들, 벨보 강, 숲이 보였다. 누토는 걸음을 늦추고 우리는 고집스럽게 계속 나아갔다.

"추악해." 누토가 말했다. "우리가 무지하다는 것 말이야. 마을은 온통 저 신부 손아귀에 있어."

"무슨 말을 하고 싶은 거야? 그렇다면 왜 그에게 반박하지 않는 거지?"

"성당에 반박한다고? 여기서는 오로지 성당 안에서만 말을 할 수 있어. 안 그러면 사람들이 믿질 않지…… 신부는 적그리스도 계열의 음탕한 신문을 이야기하지만 사실 사람들은 책력조차 읽지 않는다고."

"마을을 떠나봐." 내가 말했다. "다른 곳의 종소리도 듣고 바람도 쐬라고. 카넬리는 달라. 카넬리가 지옥이라고 들었겠지만."

"귀가 아프도록 들었지."

"거기서 시작하는 거야. 카넬리는 세상의 길이야. 카넬리 다음에 니차가 있지. 니차 다음에는 알레산드리아. 너희끼리는 절대 아무것도 해내지 못할 거야."

누토는 한숨을 내쉬더니 걸음을 멈추었다. 나도 걸음을 멈추고 저 아래 계곡을 보았다.

내가 말했다. "무슨 일이라도 꾸미려면 세상과 접촉해야 해. 정당, 하원의원, 너희를 위해 일하는 사람, 없는 거야? 말해봐. 없다면 찾아. 미국에선 그렇게 해. 이곳처럼 작은 마을들 여럿이 모여

정당에 힘을 싣지. 신부들은 절대 개별적으로 움직이지 않아. 배후에 다른 신부들로 이뤄진 연합이 있다고…… 카 네레에서 연설했던 하원의원은 왜 안 와?……"

우리는 네다섯으로 포기 진 갈대 그늘 아래 단단한 풀밭에 앉았고, 누토는 왜 하원의원이 다시 안 오는지를 설명했다. 해방의 날, 그토록 열망하던 4월 25일부터 모든 게 더 나빠졌다. 그 무렵 무슨 일인가가 일어났다. 마을의 가난한 사람들이나 소작농들은 세상으로 나가지 않았음에도 전쟁이 터지면서, 세상이 다가와 그들을 일깨웠다. 사방에서 사람들이 왔다. 남부 사람, 토스카나인, 농부, 학생, 피난민, 노동자, 심지어 독일군이나 파시스트까지. 어딘가에는 쓸모가 있어서 멍청한 사람조차 눈을 뜨게 해주었고, 모든 사람이 자신의 위치에 서게끔 유도했다. 나는 이쪽, 너는 저쪽, 너는 농부를 부리고, 나는 너희에게 미래를 준다. 병역 기피자들과 패잔병들은 의욕만으론 전쟁을 할 수 없다는 것을 저 윗선의 정부에 보여주었다. 물론 그 격동기에는 나쁜 일도 벌어져서 훔치고 까닭 없이 죽이기도 했지만 그런 희생자가 많지는 않았다. 누토가 말한 바로는 어쨌든 그런 희생자는 예전 권력자들이 거리로 쫓아내거나 죽게 만든 사람보다는 적었다. 그러면 그다음은? 다음은 어떻게 됐지? 사람들은 경계심을 늦추고, 연합군들을 믿었고, 한때의 비열한들을 믿었고, 그래서 한차례 우박이 지나간 뒤 그들은 이제 지하실에서, 빌라에서, 교구 본당에서, 수도원에서 바깥으로 나왔다. 누토는 말했다. "그러다가 이 지경에 됐지. 신부가 아직도 종소리를 울릴 수 있는 건, 종을 구한 빨치산들 덕분이었는데, 이제 와서 그 두 파시스트 스파이를 옹호하고 있는 거라고. 아무것도 아닌 일로 총살을 당했다 하더라도 나라를 구하기 위해 파리처럼 죽어간 빨치산들을 목매다는 일을 신부가 해야 하는 거야?"

누토가 이야기하는 동안 나는 눈앞에 펼쳐진 가미넬라 언덕을 바라보았다. 그 높이에서는 더 커 보여서 언덕이 마치 행성처럼 커다랗게 보였고, 그동안 한 번도 본 적 없는 오솔길과 작은 나무들, 평원이 뚜렷이 보였다. 이것도 세상의 일부였다. 나는 누토에게 물었다. "빨치산들이 저 위에도 있었어?"

"빨치산들은 사방에 있었어. 마치 동물을 사냥하듯 그들을 사냥했지. 그래서 사방에서 죽었어. 하루는 다리 위에서 총 쏘는 소리가 들렸고, 그다음 날에는 저 너머 보르미다 쪽에서 들렸지. 그들은 편안하게 눈을 붙일 수도 없었어. 안전한 은신처가 없었으니까…… 온 천지사방에 스파이가 있었으니까……"

"그럼 너도 빨치산이었어? 너도 갔었어?"

누토는 침을 삼키더니 고개를 가로저었다. "다들 무슨 일이라도 해야 했지. 정말 사소한 일이었지만…… 그래도 스파이가 누군가를 보내서 집을 불태울 위험이 있었어……"

그 위에서 나는 벨보 강의 바닥과 라임나무들, 모라 농장의 나지막한 마당, 주위의 밭들을 살펴보았다. 모든 것이 조그맣고 기묘하게 보였다. 거기서 내려다본 것도, 그렇게 조그마한 모습을 본 것도 처음이었다.

나는 말했다. "요 전날 모라 농장 아래로 지나갔었어. 대문 옆에 있던 소나무가 이제 없어졌더라……"

"니콜레토, 그 회계사 놈이 잘라버렸어. 무식쟁이 같으니…… 거지들이 그늘에 서서 구걸한다고 잘라버린 거야. 이해가 돼? 집을 절반이나 팔아먹고도 성에 안 찼던 모양이야. 불쌍한 사람이 그늘에서 구걸하는 것조차 싫다는 거지……"

"어떻게 그렇게 사악해진 거지? 마차도 갖고 있던 사람들인데. 늙은 마테오 씨가 살아 있었다면 그런 일은 없었을 텐데……"

누토는 말없이 마른 풀잎만 뜯었다.

내가 말했다. "니콜레토만 있진 않았잖아. 아가씨들은? 그들을 생각하면 화가 치밀어 피가 거꾸로 솟는 것 같아. 물론 둘 다 즐기는 걸 좋아했지만, 모두와 자고 다닌 실비아가 멍청했던 건 사실이지. 그래도 마테오 씨가 살아 있을 적에는 늘 바로잡아주었는데…… 최소한 계모라도 살아 있었어야 하는데…… 그런데, 막내 산티나는 어떻게 죽은 거야?"

또다시 입을 비틀고 침을 삼키는 걸 보니, 누토는 아직 신부와 스파이 생각에서 벗어나지 못한 듯했다.

그는 말했다. "카넬리에서 살았어. 니콜레토랑은 도저히 지낼 수가 없었으니까. 검은 여단* 사람들을 즐겁게 해주었지. 모두가 그걸 알고 있었어. 그러다가 어느 날 사라져버렸지."

"어떻게 그럴 수 있어? 무슨 일을 저지른 거야? 그 성녀 산티나가? 여섯 살 때 그렇게 예뻤는데……"

"스무 살 땐 못 봤지? 두 언니랑은 비교도 안 됐어. 모두가 산티나를 망쳤지. 마테오 씨도 산티나만 쳐다봤고…… 이레네와 실비아가 초라해 보이기 싫어서 계모와 외출도 않던 때 기억나? 산티나는 그 둘에 어머니까지 합한 것보다 더 예뻤어."

---

* Brigate Nere. 이탈리아사회공화국의 준군사조직.

"그렇다면 어떻게 사라진 거야? 무슨 일을 했는지는 몰라?"

"알지. 암캐 같으니라고."

"그게 뭐가 그렇게 추악하다고."

"암캐와 스파이지."

"놈들이 그녀를 죽인 거야?"

"집에 가자." 누토는 말했다. "기분전환을 좀 하고 싶었는데, 너하고도 그럴 수가 없네."

제14장

운명 같았다. 이따금 나는 무엇 때문에 그 많은 생존자 중에서 나와 누토, 바로 우리만 그대로인지 자문하곤 했다. 한때 내가 지녔던 욕망(어느 날 아침 샌디에이고의 한 카페에서 나는 그 욕망에 사로잡혀 거의 미칠 뻔했었다), 그러니까 그 길로 빠져나와 소나무와 라임나무 사이를 지나 대문으로 들어가, 이야기 소리와 웃음소리, 닭 울음소리가 들리는 가운데 하인들과 여자들―테라스에서 나를 알아볼 그 맑고 검은 눈들과 함께―개와 주인 노인, 모두의 깜짝 놀란 얼굴 앞에서 "나 이제 돌아왔어요" 하고 말하는 그런 욕망은 이제 이루어질 수 없다. 나는 돌아왔고, 그 길로부터 빠져나왔고, 성공하여 안젤로 여관에서 잠을 자고, 기사와 이야기를 나누지만, 나를 알아보고 나를 만져야 할 손들이, 얼굴들이, 목소리들이 이제 사라졌다. 이미 오래전부터 남아 있지 않았다. 축제가 끝난 이튿날의 광장, 수확을 끝낸 포도밭처럼 누군가에게 버림받고 홀로 술집으로 되돌아가는 일만 남은 것 같았다. 유일하게 남아 있는 누토 역시 예전과 다른, 나와 같은 사람이 되고 말았다. 요컨대, 나 역시 같은 사람이면서, 다른 사람이 되고 말았다―물론 모라 농장이 내가 알던 첫해 겨울 모습과 똑같고, 그해 여름, 그리고 다시 여름과 겨울이 지나, 그 모든 세월을 보내고도 밤낮 보던 때와 똑같다고 해도, 난 어찌 할 바를 몰랐을 것이다. 나는 너무 멀리서 왔다―이제 더이상 그 집의 사람이 아니고, 더이상 친토 같은 아이가 아니다. 내게는 온 세상이 바뀌어 있었다.

여름날 저녁, 우리가 소나무 밑이나 마당 난간에 앉아 있자면 행인들이 문에서 걸음을 멈추었고, 여자들은 웃었고, 누군가는 마구간에서 나왔고―언제나 노인들이, 농장 관리인 란초네가, 세라피나가, 때로는 마테오 씨가 내려와 이렇게 이야기를 마무리하곤 했다. "그래그래 젊은이들, 그래그래 아가씨들…… 다들 얼른 자랐으면 싶겠지…… 우리 할아버지도 그러셨어…… 너희도 때가 되면 알게 될 거라고." 그 자란다는 것이 무엇인지 그때는 이해할 수 없었다. 그저 소 한 쌍을 구입하고, 포도 가격을 정하고, 탈곡기를 조작하는 것처럼 어려운 일을 하는 거라고만 생각했다. 자란다는 것이 떠나고, 늙고, 사람들이 죽는 것을 보고, 지금 같은 모습의 모라 농장과 재회한다는 것을 뜻하는 줄 몰랐다. 나는 혼자 생각하곤 했다. '어떻게 해서든 카넬리로 떠날 거야. 깃발을 쟁취할 거야. 농가를 살 거야. 누토보다 더 용감해지고 말겠어.' 그러면서 마테오 씨와 딸들의 마차를 생각했다. 테라스와 거실의 피아노를 생각했다. 곡물창고와 나무통을 생각했다. 산로코* 축제를 생각했다. 나는 자라는 소년이었다.

우박이 내리던 해, 파드리노가 오두막을 팔고 하인 일을 하러 코사노로 떠나야 했던 그해에 이미, 나는 여러 번 모라 농장으로 날품팔이를 하러 갔었다. 열세 살이었지만 무슨 일이든 해서 파드리노에게 돈을 가져다주었다. 아침이면 벨보 강을 건넜고—한번은 줄리아도 함께 갔다—여자들, 하인들, 치리노, 세라피나와 함께 호두와 옥수수, 포도를 수확하고, 가축들을 돌보는 것을 도왔다. 나는 그 커다란 마당이 좋았다—사람들이 많이 모일 수 있었기 때문에 아무도 날 찾지 못할 곳—게다가 살토 언덕 아래 큰길에서 가깝기도 했다. 수많은 새로운 얼굴들에 마차며 말이며 커튼 달린 창문도 있었다. 그때 처음으로 꽃을 보았다. 성당에 있는 것과 똑같은 진짜 꽃. 라임나무 아래 문 옆 정원에는 백일홍, 백합, 선갈퀴, 달리아가 가득했는데—꽃도 과일나무와 똑같은 식물임을 알게 되었다—꽃이 피면 부인과 딸들은 양산을 들고 외출할 때 그것을 꺾어 모았고, 집에 있을 땐 꽃병에 꽂았다. 당시 열여덟 살, 스무 살의 이레네와 실비아를, 나는 이따금씩 훔쳐보았다. 그리고 산티나가 있었다. 갓 태어난 이 아기의 울음소리가 들릴 때마다 에밀리아가 위층으로 뛰어올라가 달래곤 했다.

저녁에는 가미넬라 오두막에서 본 것을 안졸리나와 파드리노에게, 같이 가지 않았을 땐 줄리아에게도 이야기했고, 그러면 파드리노가 말했다. "그 사람들은 우리 모두를 살 수도 있는 사람들이야. 란초네가 그런 사람들과 지내는 건 행운이지. 마테오 씨는 절대 길에서 죽지 않아. 장담할 수 있어." 심지어 우리 포도밭을 망가뜨린

---

* San Rocco. 산토스테파노벨보 남서쪽 큰 도시 쿠네오의 외곽 지역.

우박도 벨보 강 너머로는 쏟아지지 않았고, 살토 언덕과 평원의 밭들은 모두 황소의 잔등처럼 반짝거렸다. 파드리노는 말했다. "우리는 망했어. 조합에 어떻게 돈을 내겠니?" 벌써 늙어버린 파드리노에게 가장 무서운 것은 집도 땅도 없이 죽는 것이었다. 안졸리나가 입을 앙다물고 말했다. "그럼 팔아요. 어디로든 떠나면 되잖아." "너희 엄마라도 있으면." 파드리노가 중얼거렸다. 나는 그해 가을이 마지막임을 직감했고, 포도밭이나 강둑으로 갈 때면 늘 누가 날 부를까봐, 누가 날 쫓아낼까봐 숨죽였다. 내가 아무도 아니란 걸 알았기 때문이다.

그러다가 주임신부가 개입하여─당시 주임신부는 손마디가 굵은 노인이었다─다른 명의로 모든 것을 구입한 뒤 조합과 이야기를 했고, 자신이 직접 코사노까지 가서 파드리노와 딸들을 정착시켰다. 짐수레가 찬장과 이불을 나르러 왔을 때 나는 염소를 풀어주려고 마구간에 가 있었다. 염소는 없었다. 다같이 팔아버렸던 것이다. 내가 염소 때문에 울고 있는데, 주임신부가 와서─커다란 잿빛 우산을 들고 진흙투성이 신발을 신고 있었다─곁눈질로 날 보았다. 파드리노는 수염을 쓰다듬으면서 마당을 이리저리 서성거렸다. 주임신부는 말했다. "계집애처럼 굴지 마라. 너한테 이 집이 뭐니? 넌 젊고 앞날이 창창한데, 이 사람들이 베푼 은혜를 갚기 위해서라도 잘 자랄 생각을 해야지."

나는 이미 모든 것을 다 알고 있었다. 알았기 때문에 울었다. 이 부누이들은 집 안에 있었지만 주임신부 때문에 나오지도 못했다. 주임신부는 말했다. "파드리노가 이사 갈 농가는 네 누이들만으로도 벅차. 네게 아주 적당한 집을 찾아놓았으니까 나한테 고마워하

렴. 너는 거기서 일하게 될 거야."

그리하여 첫 추위와 함께 나는 모라 농장으로 들어갔다. 마지막으로 벨보 강을 건너며, 나는 뒤돌아보지 않았다. 나막신을 어깨에 걸고, 안졸리나가 세라피나에게 보내는 버섯 서너 개를 싼 손수건과 보따리를 들고서 강을 건넜다. 줄리아와 내가 함께 가미넬라 언덕에서 찾아낸 버섯이었다.

모라 농장에서 날 맞이한 사람은 농장 관리인과 세라피나의 허락을 받고 나온 하인 치리노였다. 치리노는 곧바로 나에게 황소와 암소, 울타리 난간 너머 마차를 끄는 말이 지내는 마구간을 보여주었다. 차양 아래 새로 칠한 마차가 있었다. 벽에는 각종 마구와 술 달린 채찍들이 걸려 있었다. 당분간은 건초 더미 위에서 자라고, 곧 자기가 자는 곡물창고에 내 매트리스*를 준비할 거라고 했다. 곡물창고와 압착기가 있는 커다란 방과 부엌 바닥은 다진 땅이 아니라 시멘트로 되어 있었다. 부엌에는 유리 그릇과 잔으로 가득한 찬장이 있었고, 벽난로 위에 밝은 빨간색 종이로 만든 꽃줄 장식이 걸려 있었는데, 에밀리아는 내게 그것을 만지면 큰일 난다고 했다. 세라피나는 내 물건을 보고 나더러 아직 더 자랄 것 같은지를 묻더니, 에밀리아에게 내가 겨울을 날 겉옷을 찾아보라고 말했다. 내가 처음 한 일은 나뭇단을 풀고 커피를 가는 것이었다.

나를 보고 '안궬라'라고, 그러니까 '뱀장어'라고 부른 것은 에밀리아였다. 그날 저녁 이미 어둠이 내린 뒤에야 우리는 석유등 불빛 앞에 모여 다같이 부엌에서 저녁을 나눠 먹었다―두 여자와 치리

---

* saccone. '커다란 자루'란 뜻. 그 당시 가난한 사람들은 큰 자루 안에 밀짚, 옥수수 잎을 채워 매트리스로 썼다.

노, 농장 관리인 란차노와 함께였는데, 란차노는 내게 식탁에서 소심한 것은 좋지만 일은 대담하게 해야 한다고 했다. 그들은 비르질리아와 안졸리나에 대해, 코사노 집에 대해 물었다. 그러다가 위에서 불러 에밀리아가 나가고 농장 관리인이 마구간으로 가는 바람에, 나는 빵과 치즈, 포도주가 가득한 식탁에 치리노와 단둘이 남게 되었다. 그제야 용기를 좀 낼 수 있었는데, 치리노가 말하길, 모라 농장에서는 먹을 것이 충분하다고 했다.

그렇게 겨울이 되었고, 엄청 많은 눈이 내렸고, 벨보 강은 얼어붙었다─부엌이나 마구간에서 따뜻하게 지내며 마당과 대문 앞의 눈을 치우고 다른 나뭇단을 가져오는 일만 하면 됐다. 아니면 치리노를 위해 버드나무에 물을 주고, 용수를 나르고, 아이들과 구슬치기를 했다. 크리스마스와 새해를 맞고, 주현절을 맞았다. 우리는 생밤을 굽고, 포도주를 따르고, 칠면조를 두 번, 거위를 한 번 먹었다. 부인과 딸들과 마테오 씨는 카넬리에 가느라 마차를 준비시켰다. 한번은 토로네 과자*를 거처로 가져와 에밀리아에게 건네주기도 했다. 일요일이면 마을에 가서 살토 언덕의 아이들, 여자들과 함께 미사를 보거나 빵을 구우러 가기도 했다. 가미넬라 언덕은 하얗게 눈에 덮인 채 황량했고, 나는 벨보 강의 메마른 나뭇가지들 사이로 그 광경을 바라보곤 했다.

---

* torrone. 설탕, 꿀, 달걀흰자에 아몬드, 호두 같은 견과류를 넣은 과자.

제15장

    땅을 조금 사야 할지, 콜라의 딸과 이야기를 해봐야 할지 모르 겠다―믿기 어렵겠지만 이제 내 하루는 전화를 하고, 조사를 다니 고, 시내의 큰길을 거니는 일들로 채워져 있다―하지만 이곳 이탈 리아로 귀환하기 전에도 종종 카페를 나서며, 기차에 오르며, 저녁 때 돌아오며, 나는 대기 속에서 계절의 냄새를 맡았고, 이제 가지 치기를 할 때가 됐구나, 또는 풀베기를 할 때가 됐구나, 비료를 뿌 릴 시기구나, 나무통을 씻을 때구나, 갈대 껍질을 벗길 시기가 됐 구나 하는 생각을 하곤 했다.

    가미넬라에서 나는 아무런 쓸모도 없었지만 모라 농장에서는 일을 배웠다. 이곳에서는 아무도 나에게 면사무소에서 주던 오 리 라에 대해 말하지 않았다. 이듬해 이미 나는 더이상 코사노를 생각 하지 않게 됐다―나는 안귈라였고 내 밥벌이를 할 뿐이었다. 처음 에는 쉽지 않았다. 왜냐하면 모라 농장 땅은 벨보 강 평원에서 언덕 중턱까지 펼쳐져 있었고, 파드리노 혼자만으로도 충분했던 가미넬라 포도밭에 익숙한 나로서는 수많은 가축과 경작지, 수많은 얼굴로 인해 혼란을 겪지 않을 수 없었다. 그전까지는 하인들을 동원해서 일하는 것도, 마차 여러 대로 운반할 만큼 많은 밀과 옥수수와 포도를 수확하는 것도 본 적이 없었다. 자루로 헤아릴 만한 것은 길 아래에서 수확하는 강낭콩과 병아리콩뿐이었다. 여기서는 우리 모두를, 주인 가족까지 도합 열 명이 넘는 우리 모두를 먹였고, 포도, 밀과 호두, 모든 것을 팔았는데, 그러고도 농장 관리인은 한쪽에 저장해둘 것이 있었고, 마테오 씨는 말을 갖고 있었으며, 딸들은 피아노를 연주하고 카넬리의 양장점에 다니고 식탁에서 에밀리아의 시중을 받았다.

치리노는 나에게 어떻게 소를 다루는지, 소가 똥을 싸자마자 어떻게 짚을 갈아주는지를 가르쳐주었다. 그는 말했다. "란초네는 소를 아내처럼 다루고 싶어해." 그는 또한 어떻게 소에게 빗질을 하고, 어떻게 사료를 준비하고, 어떻게 쇠스랑으로 정량의 꼴을 넣어야 하는지도 가르쳤다. 소를 산로코의 시장으로 데려갔고, 거기서 농장 관리인은 금화를 벌어들였다. 봄에 퇴비를 뿌릴 때면, 나는 김이 모락모락 피는 수레를 끌고 갔다. 날씨가 좋아지면 날이 새기도 전에 들판으로 나갔고, 어두워지면 별빛 아래 마당에 가축들을 묶어두어야 했다. 이제는 무릎까지 닿는 외투를 입고서 따뜻하게 지냈다. 해가 뜨면 에밀리아나 세라피나가 비넬로*를 가져오거나, 내가 잠시 집으로 달려가 함께 아침을 먹었다. 농장 관리인이 하

---

* vinello. 포도주vino를 만들고 남은 찌꺼기로 발효시킨 저급 포도주.

루 일과를 지시하고, 위층에서는 사람들이 움직이기 시작하고, 사람들이 길을 지나다니고, 여덟시가 되면 첫 기차의 기적소리가 들려왔다. 나는 풀을 베고, 건초를 뒤집고, 물을 긷고, 살충제를 준비하고, 채소밭에 물을 주면서 하루를 보냈다. 품삯 일꾼들이 일하게 될 때면 농장 관리인은 나를 보내어 그들이 괭이질을 제대로 하는지, 포도나무 잎사귀 아래 비료나 살충제는 잘 뿌리는지, 포도밭 구석에 서서 잡담을 나누지 않는지를 감시하게 했다. 그러면 일꾼들은 너도 우리들과 마찬가지의 신세니까, 편안하게 꽁초라도 하나 피우게 좀 내버려두라고 했다. "어떻게 하는지 잘 봐둬. 내년에는 너도 일을 해야 할 테니까." 치리노는 손바닥에 침을 뱉더니 괭이를 들면서 말했다.

아직 일다운 일을 하지 않던 터라 여자들은 날 마당으로 불러 이런저런 심부름을 시켰고, 부엌에서 반죽을 하거나 불을 피울 때면 곁을 지키게 했다. 나는 거기서 오가는 이야기를 들으며 지나가는 사람들을 구경했다. 나처럼 하인이었던 치리노는 나를 그저 어린 소년으로 취급했고, 그래서 여자들 앞에서 해야 할 일일 경우 나를 대타로 쓰곤 했다. 그는 여자들과 함께 있는 것을 불편해했다. 노인에 가까운 그는 가족이 없었고 일요일이면 시가에 불을 붙이면서 내게 말을 건넸다. 자기는 마을에도 별로 가고 싶지 않고 차라리 철책 뒤에서 지나가는 사람들이 하는 말을 듣는 게 더 좋다고. 이따금 나는 큰길로 나가 살토에 있는 집까지, 누토 아버지네 공방까지 가보기도 했다. 지금처럼 그곳에는 대팻밥과 제라늄이 지천이었다. 누구든 카넬리로 가거나 돌아오는 사람은 그곳에 들러 이야기를 했고 누토 아버지는 대패질을 하거나 끌이나 톱을 다루며 카넬리에 대해, 지난 시절에 대해, 정치와 음악, 미치광이, 세상에 대해 모두와 대화를 나누었다. 몇 번인가 나도 뭔가 심부름을 하느라 그곳에 들러 다른 아이들과 함께 놀면서, 마치 나를 향해 하는 이야기인 양, 어른들의 대화를 엿들었었다. 누토 아버지는 신문을 읽고 있었다.

누토의 집에서도 마테오 씨에 대해서는 호의적으로 이야기했다. 마테오 씨가 아프리카에서 군인으로 있었을 적 이야기를 들려주었는데, 주임신부와 마테오 씨의 약혼녀, 그분의 어머니는 물론, 심지어 밤낮으로 마당에서 짖어대는 개까지, 모두들 그가 죽었을 거라는 생각을 했다고 한다. 그런데 어느 날 저녁 카넬리의 기차가 포플러나무들 뒤로 지나가자, 개가 미친 듯 짖어대기 시작했고, 그 즉시 어머니는 그 열차에 돌아오는 마테오가 타고 있음을 알아챘다고 한다. 옛날 이야기였다. 당시 모라 농장은 시골집에 불과했고, 딸들은 아직 태어나지도 않았으며, 마테오 씨는 언제나 카넬리에 가 있거나, 마차를 타고 돌아다니거나, 사냥을 나서곤 했다고 한다. 그는 말 그대로 한량이었지만 호감을 주는 사람이었다. 저녁 식사 시간에는 웃으면서 사업을 처리했고, 그때도 아침이면 고추 하나에 좋은 포도주를 마셨다. 두 딸을 낳아준 아내는 이미 땅에 묻혔고, 새로이 집에 들어온 여자한테서 그 얼마 전 다른 딸을 하나 얻었다. 이미 늙긴 했지만 언제나 농담을 했으며, 명령을 내리는 것은 언제나 그 마테오 씨였다.

마테오 씨는 땅에서 일을 해본 적이 없었다. 공부를 하지도 않았고 여행을 해본 적도 없지만, 마테오 씨는 언제나 주인이었다. 아프리카에 갔을 때를 제외하면 아퀴 너머로 나가본 일도 없었다.

치리노도 말했듯이 그는 여자를 좋아했다. 자기 할아버지와 아버지가 재물을 좋아하고 농장을 세웠던 것처럼. 땅과 실질적인 욕망으로 만들어진 그들의 피가 그랬다. 누구는 풍요로움을 좋아하고, 누구는 포도주와 밀과 고기를 좋아하고, 누구는 여자와 돈을 좋아한다. 할아버지가 아직 땅에서 괭이질을 하며 일하는 동안 벌써 자식들은 변해서 즐기는 것을 더 좋아하게 되는 것이다. 그럼에도 여전히 마테오 씨는 한 번만 훑어보면 포도밭 하나에서 몇 킬로그램이 나올지, 저 밭에서 몇 자루가 나올지, 저쪽 풀밭에는 거름이 얼마나 필요할지를 곧바로 알아냈다. 농장 관리인이 계산서를 갖고 가면 두 사람은 위층의 방으로 들어갔는데, 커피를 가져다준 에밀리아의 말에 의하면, 마테오 씨는 벌써 계산서를 몽땅 다 외우고 있었으며, 그 전해에 놓친 하루 품삯, 바구니 하나, 손수레 하나까지 전부 기억하고 있었다고 한다.

유리문 뒤편, 위층으로 올라가는 계단을 나는 한동안 올라가지 못했는데, 그 계단이 내게는 너무나도 무서웠기 때문이다. 에밀리아는 농장 관리인의 조카였기 때문에 그곳을 오르내릴 뿐 아니라, 내게 명령도 내릴 수 있어서, 이따금씩 창가나 테라스에서 나를 부르러 올라와서 무슨 일을 하라고 하거나 뭔가를 가져오라고 시키곤 했다. 그러면 나는 회랑 밑으로 숨으려고 애를 썼다. 언젠가 양동이를 들고 올라가야 했을 때는 층계참의 벽돌에 내려놓고 도망치기도 했다. 어느 날 아침, 테라스 물받이에 문제가 생겨서 수리하는 사람을 위해 사다리를 잡아주라고 나를 불렀던 일이 떠오른다. 나는 층계참을 지나서 가구들과 달력과 꽃들이 가득한 어두운 방 두 개를 가로질렀다. 모든 것이 거울처럼 빛나고 가벼웠다. 빨간 벽돌 위를 맨발로 걸어가는데 부인이 나왔다. 검은색 옷에, 목에는 커다란 메달을 걸고, 팔에는 시트를 걸치고 있던 부인은 내 발을 바라보았다.

테라스에서 에밀리아가 소리쳤다. "안퀼라, 빨리 와, 안퀼라."

"에, 에밀리아가 불러서요." 나는 말을 더듬었다.

"가봐. 빨리 가봐." 부인이 말했다.

테라스에는 세탁된 시트가 널려 있고, 멀리 햇살 속 카넬리 쪽으로 니도의 저택이 보이고 금발의 이레네도 보였다. 머리칼을 말리며 어깨에 수건을 걸치고 난간에 기대고 섰다. 사다리를 붙잡았던 에밀리아가 외쳤다. "빨리 와. 어서."

이레네가 무언가 말을 하고는 웃음을 지어 보였다. 사다리를 잡고 있는 동안, 나는 벽과 시멘트만 뚫어지게 바라보았고, 우리 소년들끼리 갈대밭에 숨어서 나누던 이야기를 떠올리면서 두근거리는 마음을 추스르고 있었다.

제16장

　모라 농장에서는 가미넬라 언덕보다 벨보 강으로 내려가기가 훨씬 수월했다. 가미넬라 길 아래쪽은 절벽이라 아카시아나무와 딸기나무 사이를 뚫고 지나야 했기 때문이다. 하지만 이편 기슭은 모래밭과 버드나무, 무성하고 나지막한 갈대, 모라 농장 경작지까지 펼쳐진 널찍한 포플러나무 숲이었다. 무덥던 여름날 이따금씩 치리노는 버드나무 가지를 잘라오라며 나를 보냈고, 그러면 나는 친구들에게 미리 귀띔해두었다가 강가에서 만났다. 누구는 망가진 바구니를 가져오고 누구는 자루를 가져와, 우리는 벌거벗고 물고기를 잡으며 놀았다. 햇볕 아래 뜨거운 모래밭을 달렸다. 내가 '안귈라'라는 별명을 자랑하자, 질투가 난 니콜레토가 우리를 일러바치겠다고 을러대며 나를 사생아라고 처음 불렀던 곳도 바로 그곳이었다. 니콜레토는 모라 농장 부인의 친척으로 겨울에는 알바에서 지냈다. 우리는 서로 돌멩이를 던졌지만 나는 니콜레토가 다

치지 않게 하려고 조심했다. 저녁때 모라 농장에서 멍이 보이면 안 될 테니까. 밭일을 하던 농장 관리인이나 여자들이 우리를 보기도 했는데, 그럴 때면 나는 벌거벗은 채 뛰어 숨었다가 바지를 입으며 밭으로 나갔다. 농장 관리인이 주먹으로 내 머리통을 쥐어박고 야 단쳐도 아무도 막아주지 않았다.

하지만 그것조차 지금 친토가 살아가는 삶과 비교하면 대수롭 지 않으리라. 친토의 아버지는 늘 친토에게 달려들거나 포도밭에 서 감시했고, 두 여자는 친토를 부르며 욕을 해대는가 하면, 피올 라랑 놀지 말라거나, 집으로 올 때는 풀이나 옥수수자루, 토끼 가 죽, 쇠똥을 갖고 집으로 돌아오라고 시켰다. 그 집에는 모든 게 부 족했다. 빵도 먹지 못했고 더러운 물을 마셨다. 폴렌타와 병아리 콩, 그것도 아주 적은 양만 먹었다. 나는 안다. 뜨겁게 달아오른 시 간에 배도 고프고 목도 마른데 괭이질을 하거나 비료를 주는 것이 무엇을 의미하는지. 그 오두막집 포도밭은 우리에게, 나눌 필요가 없던 우리에게조차 충분하지 않았다.

그 발리노는 누구하고도 말을 섞지 않았다. 혼자 괭이질을 하 고, 가지치기를 하고, 나무를 묶고, 침을 뱉고, 무언가를 고쳤다. 황 소의 얼굴을 발로 차고, 폴렌타를 씹고, 마당에서 사방을 둘러보 고 눈으로 부라리며 명령을 했다. 여자들은 뛰고 친토는 달아났다. 그리고 잠잘 시간이 되면—친토는 기슭에서 대충 먹을 것을 구해 저녁을 때웠다—발리노는 친토를 또 때렸고 여자들을 때렸고, 문 이나 건초창고 계단에서 누구든 닥치는 대로 때렸으며, 심지어 혁 대를 풀어 채찍질을 해댔다.

누토에게서 들은 몇 마디 말이나, 그리고 길에서 만나 이야기를 나눌 때면 언제나 긴장하고 머뭇거리는 친토의 표정만으로도 지금 가미넬라에서 무슨 일이 일어나고 있는지 너끈히 짐작할 수 있었다. 묶어놓고 먹을 것을 주지 않는 개에 대한 이야기까지 들려왔다. 개가 밤중에 고슴도치나 박쥐나 족제비 소리를 들으면 그것을 잡겠다고 미친듯이 날뛰면서, 폴렌타처럼 생긴 달을 향해 짖어댄다는 것인데, 그러면 발리노는 잠자리에서 내려와 개에게도 혁대를 휘두르며 발로 걷어차곤 한다고 했다.

어느 날 나는 가미넬라에 가서 나무통을 좀 살펴보자고 누토를 설득했다. 누토는 아무것도 알고 싶지 않다며 이렇게 말할 뿐이었다. "그자와 이야기를 하게 된다면, 난 그 불쌍한 인간한테 당신은 짐승같이 살고 있다고 말할걸. 그런데 내가 누군가한테 그런 말을 할 수 있을까? 다 소용없어…… 그보다 먼저 정부가 돈과 돈 지키는 족속들을 다 불태워야지……"

그 집 쪽으로 가는 길에 나는 정말 가난이 사람들을 짐승으로 만든다고 확신하느냐고 누토에게 반문해 보았다. "백만장자들이 마약을 하고 총으로 자살하는 것을 신문에서 못 봤어? 돈이 많이 드는 악습도 있어……"

누토는 말을 이었다. "그래, 맞아. 돈이야. 늘 돈이지. 있든 없든, 돈이 존재하는 한 아무도 못 벗어나."

우리가 오두막에 도착하자, 수염난 처제 로시나가 밖으로 나와, 발리노는 우물에 갔다고 했다. 이번엔 얼마 지나지 않아 발리노가 돌아와 여자에게 말했다. "저 개 좀 묶어." 그러고는 마당에서 또 허겁지겁 누토에게 말했다. "나무통 보러 갈까?"

나는 나무통이 어디에 있는지 알고 있었다. 둥글고 나지막한 지붕, 부서진 벽돌, 거미줄이 어디에 있는지 알고 있었다. "집 안에서 기다릴게." 나는 이렇게 말하고서 마침내 그 작은 계단에 발을 디뎠다.

미처 주위를 둘러보기도 전에, 너무 목이 상해 소리를 못 내는 것 같은 웅얼거림, 천천히 앓는 신음이 들려왔다. 밖에서는 개가 버둥대며 짖어댔다. 끙끙대는 소리, 둔탁한 타격음, 날카로운 비명이 이어졌다. 개가 한 방 얻어맞은 것이다.

그러는 사이에 나는 보았다. 노파가 벽에 기대어 매트리스에 앉아 있는데, 모로 웅크린 몸을 셔츠로 반쯤 감싸고 검은 발을 삐죽 내민 채 방과 문을 바라보며 신음하고 있는 모습을. 매트리스는 다 망가져 옥수수 잎이 삐져나와 있었다.

노파는 아주 왜소했고 얼굴은 조막만 했다—엄마가 요람 위에서 자장가를 불러주는 동안, 손을 꼭 쥐고 옹알거리는 아기같이 작았다. 퀴퀴한 냄새, 썩은 냄새, 시큼한 오줌 냄새가 났다. 스스로도 깨닫지 못한 채 밤낮으로 신음하고 있었던 것이 분명했다. 노파는 앓는 소리를 바꾸지도 못하고, 아무 말도 없이 문 앞의 우리에게 시선을 고정했다.

내 뒤에 서 있는 로시나를 의식하면서 한 걸음 나아갔다. 그녀의 눈길을 찾고 마주보며 "죽어가는 것 같아요. 이분에게 무슨 일이 있는 거죠?" 하고 물어보려 했지만, 로시나는 내 몸짓에 아무런 반응도 하지 않고 이렇게 말했다. "괜찮으면 앉으세요." 그러고는 나무의자를 집어서 내 앞으로 내밀었다.

노파는 날개가 부러진 새처럼 신음하고 있었다. 나는 변해버린 그 조그만 방을 둘러보았다. 작은 창문과 날아다니는 파리들, 난로

위의 돌에 나 있던 금만 그대로였다. 벽에 맞닿은 상자에는 호박 하나와 잔 두 개, 마늘 한 묶음이 있었다.

거의 곧바로 내가 돌아 나오자마자 로시나도 개처럼 날 뒤따랐다. 무화과나무 아래서, 나는 노파가 왜 저러고 있느냐고 물어보았다. 늙은 거라고, 혼자 중얼거리며 묵주기도를 하는 거라고, 로시나는 대답했다.

"뭐라고요? 고통 때문에 아파서 저러시는 게 아니라?"

로시나는 말했다. 그 나이에는 모든 게 고통이라고. 누가 무슨 말을 해도 고통을 더할 뿐이라고. 그녀는 비스듬히 나를 바라보았다. "모든 여자의 운명이죠."

그러고는 풀밭 가장자리로 가더니 "친토! 친토!"를 외쳐댔다. 목이라도 잘린 것처럼 울부짖듯. 친토는 오지 않았다.

그 대신 누토와 발리노가 마구간에서 나왔다. "멋진 황소를 갖고 있군요. 먹을 건 넉넉한가요?" 누토가 물었다.

"미친 소리. 모두 주인 여자 차지야." 발리노가 말했다.

"제대로 한다면 주인이 가축에게 먹을 것을 제공해야죠, 주인 땅에서 일하는 사람이 아니라……" 누토가 말했다.

발리노는 기다렸다. 누토가 말했다. "자, 이제 가자고. 서둘러야 해. 그러면 내가 충전물을 보낼게."

오솔길을 내려오면서, 누토는 발리노한테까지 술을 받아먹는 자들이 있다고 투덜거렸다. "저렇게 살아가는 사람한테." 그는 화가 나서 중얼거렸다.

이어서 우리는 침묵 속을 걸었다. 나는 노파를 생각하고 있었다. 불쑥 갈대 뒤에서 친토가 풀다발과 함께 튀어나왔다. 절룩이며 다가오는 친토를 보며, 누토는 내게 이런 어린애 머릿속에 욕망을 불어넣으려 하다니 정말 뻔뻔하다고 했다.

"욕망이라니? 이 아이한테는 어떤 삶일지라도 달리 사는 게 더 나을걸……"

친토를 만날 때마다 나는 돈 몇 푼을 줄까 싶다가도 이내 마음을 고쳐먹곤 했다. 돈으로 즐기지 못할뿐더러, 그것으로 무엇을 할 수 있겠는가? 아무튼 우리는 걸음을 멈추었고, 누토가 친토에게 말을 걸었다. "뱀을 봤니?"

친토는 낄낄거리더니 곧이어 이렇게 대답했다. "뱀 보면 머리를 잘라버릴 거예요."

"네가 건드리지 않으면, 뱀도 너를 물지 않아." 누토가 말했다.

어린 시절이 생각나 나는 친토에게 말했다. "일요일에 안젤로 여관에 들르면 걸쇠 달린 멋진 주머니칼을 줄게."

"정말요?" 친토가 눈을 동그랗게 떴다.

"물론이지. 누토가 살토에서 일하는 모습 본 적 있니? 아마 마음에 들 거야. 그곳엔 작업대, 대패, 드라이버…… 만약에 너희 아버지만 허락하시면 일을 배우도록 해줄게."

친토는 어깨를 움찔하더니 투덜거렸다. "아버지한텐…… 말하지 않을 거예요……"

친토가 가고 나자 누토가 말했다. "네 마음은 이해해. 하지만 어린 소년이 저런 다리로 세상에 나와…… 뭘 할 수 있겠어?"

제17장

누토는 모라 농장에서 날 처음으로 보았던 그때를 기억한다고 말했다―하루는 돼지 멱을 따는 걸 알고 여자들이 전부 다 도망쳤는데, 돼지가 피를 쏟는 순간 막 걸음마를 뗀 산티나가 그리로 왔었다고. 그때 "저 아기 당장 데려가!" 농장 관리인이 소리쳤고, 누토와 내가 적지 않는 발길질을 당하며 뒤따라가서 아이를 붙잡았다고 말이다. 하지만 산티나가 걷거나 뛰어다녔다면, 내가 모라 농장에서 지낸 지 일 년도 더 됐을 때일 텐데, 우리는 그전부터 이미 상대방을 알고 있었다. 내 기억으로는 우리가 처음 만난 것은 내가 모라 농장에 들어가기 전, 큼직한 우박이 떨어지기 전, 옥수수 껍질을 벗기던 어느 가을이었다. 어두운 마당이었고, 하인들과 주변의 농부 소년들과 여자들이 기다란 옥수수 더미 위에 한 줄로 늘어앉아, 누구는 노래하고 누구는 웃으면서, 매캐한 냄새와 먼지 가운데 옥수수 껍질을 벗기며, 회랑 벽 쪽으로 옥수수자루를 던졌었다. 바로 그날 밤 그 자리에 누토가 있었다. 치리노와 세라피나가 잔을 가지고 돌아다니면 누토는 어른처럼 마셨다. 아마 열다섯 살 정도였을 텐데, 내게는 그가 벌써 다 큰 어른인 것처럼 보였다. 모두들 이야기를 나누고, 청년들은 아가씨들과 어울려 웃음꽃을 피웠다. 누토는 기타를 가져와 옥수수 껍질을 벗기는 동안 기타를 쳤다. 그때도 벌써 멋지게 연주할 줄 알아서 결국 모든 사람이 춤을 추며 "멋지다, 누토!"를 외치게 했다.

하지만 그런 밤은 매년 있었으므로 우리가 다른 때 만났다는 누토의 기억이 틀리지 않을지도 모른다. 살토에 있는 집에서 누토는 그때 이미 아버지와 일을 했다. 앞치마를 두르진 않았지만 작업대에 선 모습이 가끔 보였다. 오래 있진 않았다. 그는 늘 달아날 준비가 되어 있었다. 그와 함께 가면 애들 같은 장난만 하고 끝나는 일이 없었고, 단 하나의 사건도 놓치는 일이 없었다. 매번 무슨 일인가 생겨 우리는 함께 이야기를 나누고, 누군가를 만나고, 새로운 장소에 가곤 했다. 요컨대 언제나 얻는 게 있고, 이야기할 것이 있었다. 서로 죽이 잘 맞는데다 누토가 날 친구처럼 대했기 때문에 난 그가 좋았다. 누토는 그때 이미 고양이처럼 강렬한 눈빛을 갖고 있었고, 무언가 말한 뒤에는 "만일 내가 틀렸으면 바로잡아줘"를 덧붙이곤 했다. 그리하여 나는 우리가 이야기를 한다는 것이 단지 말하기 위해, 가령 "나는 이것을 했어" "나는 저것을 했어" "나는 먹고 마셨어" 그런 것을 늘어놓기 위해서가 아니라, 관념을 갖기 위해, 이 세상이 어떻게 돌아가는지 알기 위해서라는 걸 깨닫기 시작했다. 그때까지 그런 생각은 전혀 해본 적이 없었다. 하지만 누토는 잘 알고 있었고 마치 어른 같았다. 여름날 저녁이면 누토는 이따금 소나무 밑으로 와서 밤늦게까지 이야기를 했다. 테라스에는 이레네와 실비아와 산티나의 어머니가 있었다. 누토는 모두와 농담을 주고받았고, 멍청한 사람들에게도 멋지게 대답했다. 농가들에 대해, 교활한 사람과 어리석은 사람에 대해, 음악가에 대해, 아버지뻘 되는 신부와의 거래에 대해. 마테오 씨는 누토에게 이렇게 말했다. "네가 군대에 가면 무슨 일을 저지를지 보고 싶구나. 분명히 연대에서 네 머릿속에 있는 귀뚜라미*들을 없애줄 거다." 그러면 누토는 대답했다. "다 없애긴 어려울걸요. 여기 포도밭에 얼마나 많은지 못 보셨어요?"

그런 이야기를 듣는 것, 누토의 친구라는 것, 그를 안다는 것이 내게는 포도주를 마시고 음악을 듣는 것과 같은 효과를 주었다. 한갓 소년에, 하인이라는 게, 누토처럼 이야기할 줄 모른다는 게, 나는 부끄러웠고 혼자선 아무것도 해내지 못할 것만 같았다. 하지만 누토는 날 신뢰했고 내게 튜바를 연주하는 법을 가르쳐주고 싶다고, 날 카넬리 축제에 데려가 표적 맞히기 열 발을 쏘게 해주고 싶다고 했다. 누가 무식한 사람인지는 무슨 일을 하는지가 아니라 어떻게 일을 하는지를 보면 알 수 있다고 말했고, 어느 날은 아침에 잠에서 깨면 자신도 작업대에서 멋진 탁자를 만들어보고 싶은 생각이 든다고 말하기도 했다. 그는 말했다. "뭐가 두려워? 일이란 하면서 배우는 거지. 일을 하려는 의욕만 있으면 돼…… 내가 틀렸으면 바로잡아줘."

그때부터 몇 년 동안 나는 누토에게 이것저것 많은 것을 배웠

---

* '귀뚜라미'를 뜻하는 이탈리아어 grillo에는 '공상' '변덕'의 의미도 있다.

다. 어쩌면 그저 성장하면서 나 스스로 깨닫기 시작한 건지도 모른다. 하지만 니콜레토가 왜 그렇게 더러운 녀석인지를 설명해준 것은 누토였다. "무식한 녀석이야. 알바에 살며 매일 신발을 신고 다니고, 아무도 자기에게 일을 시키지 않으니, 자기가 우리 같은 농부보다 더 가치 있다고 생각하지. 그리고 부모님이 그 녀석을 학교에 보내잖아. 그 가족의 땅에서 일하는 네가 녀석을 뒷받침하고 있는 거야. 하지만 녀석은 그것도 몰라." 그리고 누토는 말했다. 기차로 어디든 갈 수 있고, 철도가 끝나는 곳에서 항구가 시작된다고, 배가 시간표에 맞추어 오가며, 온 세상이 길과 항구로 뒤엉켜 여행을 시작한 사람, 여행을 하고 있는 사람, 여행을 마친 사람들의 시간표로 짜여 있다고, 사방에 힘을 가진 사람과 비참한 사람이 있다고. 그는 나에게 많은 나라의 이름을 말해주었고, 신문을 읽으면 가지각색의 모든 일들에 대해 알 수 있다고 했다. 그리하여 어느 날 도로 위쪽 밭이나 포도밭에서 햇볕 아래 괭이질을 하다가, 복숭아나무들 사이로 기차가 나타나 계곡을 가득 채우며 카넬리를 향해 달려가거나, 다가오는 소리를 들으면, 그 순간 나는 괭이질을 멈추고, 기차 연기와 객차들을, 가미넬라 언덕과 니도의 저택과 카넬리와 칼라만드라나와 칼로소* 쪽을 바라보았고, 그러면 포도주를 마신 것 같은, 다른 사람이 된 것 같은, 누토와 똑같은 경지에 이른 사람이 된 것 같은, 언젠가 나도 저 기차를 타고 어디론가로 떠나게 될 것 같은 기분이 들었다.

　카넬리까지는 자전거로 여러 차례 가서 벨보 강의 다리에 멈춰

---

* Calosso. 산토스테파노벨보의 북쪽 작은 마을이다.

서서 보곤 했지만, 거기서 누토를 만났을 때는 마치 처음으로 그곳에 간 것 같은 기분이었다. 누토는 아버지 심부름으로 연장을 사러 왔다가 담뱃가게 앞에서 엽서를 구경하던 날 발견했다. "우와, 너한테도 벌써 담배를 팔아?" 그가 뒤에서 갑자기 물었다. 동전 두 푼에 구슬을 몇 개나 살 수 있을지를 생각하던 나는 부끄러웠고, 그날부터 구슬을 버렸다. 우리는 같이 배회하며 카페에 드나드는 사람들을 관찰했다. 카넬리의 카페는 선술집이 아니어서, 손님들은 포도주가 아닌 음료수를 마셨다. 젊은 사람들이 자신의 일에 대해, 산더미같이 쌓인 일에 대해 조곤조곤 나누는 이야기를 엿듣기도 했다. 유리 진열장에는 배와 흰 새들이 인쇄된 포스터가 붙어 있었고, 나는 누토에게 물어보지 않고도 그것이 여행을 하고 싶은, 세상을 보고 싶은 사람들을 위한 것임을 알 수 있었다. 여행 이야기를 하면서, 누토는 저 청년들 중 하나가—다림질한 바지에 넥타이 차림의 금발 청년이었다—배 타는 사람들이 상담하러 가는 은행의 직원이라고 했다. 그날 나는 다른 이야기도 들었는데, 카넬리에는 이따금 여자 서너 명을 태운 마차가 한 대 온다고, 그 여자들은 길거리에서 산책을 하고 역까지, 산타안나 구역까지 큰길을 오가고 여기저기서 음료수를 마시는데, 그 모두가 자신을 보여줘 고객을 끌려는 전략이라고 했다. 여자들의 주인이 생각해낸 그 방법으로, 돈 있는 나이 지긋한 사람은 빌라노바의 집으로 가서 그들 중 한 여자와 잠을 잔다고 했다.

"카넬리 여자는 다 그렇게 해?" 그게 무슨 뜻인지 감지하고서 누토에게 물었다.

"그러면 좋겠지만 그건 아니야. 모든 여자가 다 마차를 타고 돌아다니진 않아." 누토는 말했다.

어느덧 내가 열예닐곱 살이 되고 누토는 군대에 갈 무렵이 됐을 때, 우리는 누토가 가져오거나 내가 지하실에서 가져온 포도주를 살토 언덕으로 들고 올라가서 낮에는 갈대밭에 앉아서, 밤이면 달이 뜬 포도밭 가장자리에 앉아서 여자들 이야기를 하며 병째로 마셨다. 그 당시 나는 모든 여자가 비슷하게 만들어졌고, 모든 여자가 다 남자를 찾는다는 것을 이해할 수 없었다. 그래야 하니까 그런 것이겠거니 생각하면서도, 모든 여자가, 아주 아름다운 여자나 고귀한 귀부인이 그런 것을 좋아한다는 사실이 너무나 놀라웠다. 그때는 나도 꽤 머리가 커서 많은 이야기를 들었을 뿐 아니라 이레네와 실비아가 어떻게 이 남자 저 남자를 쫓아다니는지도 보아서 알고 있었다. 그럼에도 그 놀라움은 가시지 않았다. 그러자 누토가 말했다. "무슨 생각을 하는 거야? 달은 모두를 위해 떠 있어. 비도 그렇고, 질병도 그래. 땅굴 속에서든 저택에서든 누구나 멋지게 살 수 있고, 피는 사방에서 모두 빨간색이야."

"하지만 그렇다면 신부님이 된다는 게 무슨 의미가 있어? 죄를 짓는 것은?"

"금요일에는 죄가 되지." 누토는 입가를 훔치며 대답했다. "하지만, 나머지 여섯 날이 있잖아."

제18장

어쨌든 나는 내게 주어진 일을 해냈고 치리노도 이따금씩 농장에 대한 내 의견을 들으며 옳다고 인정했다. 치리노는 마테오 씨에게도 이야기를 전하고 나에게 급료를 주어야 한다고 했다. 내가 아이들과 새둥지나 찾으러 농땡이 치는 일 없이 밭에서 일하고 또 수확하는 것을 감독하길 원한다면 품삯을 지불해야 한다고. 이제 나는 괭이질을 하고, 비료를 주고, 가축을 돌보고, 밭을 갈았다. 나역시 노력을 다했다. 나름대로 접붙이기를 배워서 내가 자두나무에 접붙이기를 했던 살구나무가 아직도 정원에 남아 있다. 어느 날마테오 씨가 나를 테라스로 불렀다. 거기에는 실비아와 부인도 있었는데, 그는 내게 파드리노의 마지막이 어땠는지를 물었다. 실비아는 안락의자에 앉아 라임나무 우듬지를 바라보고 있었고 부인은 뜨개질을 하고 있었다. 검은 머리칼에 빨간 옷을 입은 실비아는 이레네보다 키가 작았다. 하지만 둘 모두 그들의 새엄마보다 아름다웠다. 둘 다 적어도 스무 살은 되었을 것이다. 그들이 양산을 들고 지나갈 때면, 나는 아주 높은 가지에 달린 복숭아 두 알을 바라보듯, 포도밭에서 그 둘의 모습을 바라보곤 했다. 우리와 함께 포도를 수확하러 왔을 땐 에밀리아가 있는 이랑으로 달려가 구석에서 휘파람을 불기도 했다.

나는 파드리노를 더이상 보지 못했다고, 왜 나를 불렀느냐고 물었다. 살충제용 바지를 입고 있는데다 얼굴에까지 얼룩이 튀어 있는 내 모습에 짜증이 났다. 여자들까지 그 자리에 있으리라고 짐작도 못했던 터였다. 지금 와서 생각해보니 마테오 씨는 나를 난감하게 만들려고 일부러 그랬던 것이 분명하다. 하지만 나는 그 순간에 에밀리아가 해주었던, "저기 저 아가씨는 셔츠를 벗고 잠을 잔다"는 실비아에 대한 이야기만을 생각하면서 용기를 냈다.

그날 마테오 씨는 내게 이렇게 말했다. "너는 일 열심히 하지. 그렇지만 네 파드리노가 포도밭을 망치게 내버려뒀어. 양심의 가책을 느끼지 않니?"

"아직 어린데 벌써 품삯을 요구하네." 부인이 말했다.

나는 땅속으로 꺼지고 싶었다. 안락의자에 앉아 있던 실비아가 주위를 둘러보더니 아버지에게 말했다. "카넬리에 씨앗 가지러 갈 사람, 누구 없나요? 니도에는 벌써 카네이션이 피었던데."

"네가 직접 가"라고 말하는 사람은 하나도 없었다. 마테오 씨는 잠시 날 보더니 말했다. "청포도밭은 끝냈어?"

"오늘 저녁에 끝낼 겁니다."

"내일은 저 짐을 처리해야 하는데……"

"농장 관리인이 생각하고 있다고 했어요."

마테오 씨는 날 다시 쳐다보더니, 음식과 숙소로 품삯을 받는 거니까 그걸로 될 거라고 했다. "말은 너보다 더 많이 일하면서도 그걸로 만족해한다. 황소들도 그걸로 만족하고. 엘비라, 이 녀석 처음 왔을 때 참새 새끼 같았던 거 기억나? 지금은 수도사처럼 살도 찌고 많이 컸어." 그러더니 한마디 덧붙였다. "처신 잘해, 크리스마스 때 돼지랑 같이 너도 잡아먹을지 몰라……"

실비아가 말했다. "누구 카넬리에 갈 사람 없어요?"

"저 아이한테 말해봐." 그녀의 새엄마가 말했다.

산티나와 에밀리아가 테라스로 다가왔다. 산티나는 빨간색 작은 신발을 신었고, 가는 머리칼은 거의 희어 보였다. 에밀리아는 이유식을 안 먹겠다고 칭얼거리는 산티나를 잡고 안으로 데려가려 했다.

"아이고, 산티나." 마테오 씨가 일어나면서 말했다. "이리 와. 내가 잡아먹어야겠다."

아기를 데리고 야단법석을 떠는 동안, 가야 할지 말아야 할지, 나는 갈피를 잡을 수 없었다. 홀 유리문이 반짝거렸고, 벨보 강 너머로 가미넬라 언덕과 갈대숲, 우리 오두막이 있는 기슭이 보였다. 면사무소의 오 리라가 생각났다.

그래서 나는 아기를 얼러주던 마테오 씨에게 물었다. "제가 내일 카넬리에 갈까요?"

"저애한테 직접 물어봐라."

하지만 실비아는 난간에서 아래쪽을 향해 기다리라고 소리치고 있었다. 이레네가 다른 아가씨와 함께 마차를 타고 소나무 아래로 지나가던 참이었는데, 마을 청년이 마차를 몰고 있었다. "나 좀 카넬리에 데려다줄래?" 실비아가 외쳐 물었다.

잠시 뒤에 모두가 떠났다. 엘비라 부인은 아기를 안고 실내로 들어갔고 딸들은 길에서 웃고 있었다. 나는 마테오 씨에게 말했다. "전에는 병원에서 제게 오 리라를 줬어요. 그런데 얼마 전부터 더는 받지 못했고, 누가 받는지도 몰라요. 어쨌든 나는 오 리라 이상의 일을 하고 있어요…… 신발도 사야 해요."

그날 저녁 나는 행복했다. 치리노, 누토, 에밀리아에게 이야기했고, 심지어 말에게도 말했다. 마테오 씨가 한 달에 오십 리라를 전부 다 주겠다고 약속한 것이다. 세라피나는 자신에게 저축하겠느냐고 물었다. 주머니에 갖고 있으면 잃어버린다며. 그렇게 물을 때 누토도 옆에 있었다. 누토는 휘파람을 불더니 은행에 있는 백만 리라보다 손에 쥔 서너 푼이 낫다고 했다. 이어 에밀리아는 나한테서 선물은 받고 싶다고 했고, 그렇게 저녁 내내 우리는 나의 돈 이야기를 했다.

하지만 치리노가 말했듯이 이제 문제가 해결되었으니, 나는 어른처럼 일해야만 했다. 바뀐 것은 하나도 없었다. 똑같은 팔, 똑같은 어깨에 사람들은 여전히 나를 안귈라라고 불렀고, 나는 아무런 차이도 느낄 수 없었다. 누토는 편히 생각하라고 조언했다. 나에게 오십 리라를 준다는 것은, 이미 내가 백 리라어치의 일을 하고 있다는 뜻이라면서 오카리나 사지 않겠느냐고 물었다. 나는 누토에게 답했다. "연주하는 법을 못 배울걸. 소용없어. 나는 그렇게 태어났으니까." 누토가 말했다. "하지만 아주 쉽다고." 나의 생각은 달랐다. 나는 벌써 그 돈으로 언젠가는 떠날 수 있을 것이라는 생각을 하고 있었다.

그러나 실제로는, 그해 여름에 받은 돈은 전부 축제때의 표적 맞히기 같은 멍청한 짓에 다 날리고 말았다. 걸쇠 달린 주머니칼을 산 것도 그 무렵이었다. 해 질 무렵 산탄토니노* 도로에서 나를 기다리고 있던 카넬리의 소년들을 막는 데 쓸 물건이었다. 당시 누가 자꾸 주위를 둘러보며 광장을 돌아다니면 소년들은 손수건으로 주먹을 감고 그런 사람을 기다렸다. 노인들은 말하길, 예전에는 더 심해서—서로 죽이고 칼부림을 한 적도 있었다는데—카모의 도로에서는 두 사람이 탄 마차가 전복되어 추락했고 그 절벽 근처에는 십자가가 세워져 있다고 했다. 하지만 이제는 정부가 만인이 동의하는 정책을 시행하고 있었다. 과거 파시스트들이 경찰의 동의를 얻어 원하는 사람을 두들겨 패도 누구 하나 저항하지 못하던 때가 있었다고, 지금이 훨씬 낫다고 노인들은 말했다.

이곳에서도 누토는 나보다 훨씬 뛰어났다. 그때 이미 그는 사방을 돌아다녔고 모두와 이야기할 줄 알았다. 밤중에 돌아다니며 산타안나의 아가씨를 찾아가던 겨울에도 누구 하나 뭐라 하지 않았다. 클라리넷을 불기 시작한 것도 그 무렵으로, 모두가 그의 아버지를 아는데다 그가 축구시합에 끼어드는 일이 전혀 없어서였는지 마음대로 돌아다니며 농담을 해도 다들 괘념하지 않고 내버려두었다. 누토는 카넬리에서 수많은 사람과 알고 지냈는데, 그때 이미, 누가 누군가를 손보려 한다는 이야기가 돌면 그자를 무지렁이, 멍청이 취급하며, 그런 일은 돈을 받고 하는 사람한테 맡기라고 했다. 개새끼들이나 모르는 개한테 짖어대고 달려드는 거라고, 주인

---

* Sant'Antonino. 카넬리 북서쪽 구역. 실제 지명은 산탄토니오Sant'Antonio다.

은 제 이익을 위해 주인으로 남으려고 그렇게 부추기는 거라고, 만일 짐승만 아니라면 개새끼들도 자기들끼리 합의하여 주인을 향해 짖어댈 거라고 했다. 어떻게 그런 관념을 갖게 되었는지 나는 모르겠다. 아마 자기 아버지와 떠돌이들에게서 영향을 받지 않았을까. 이건 마치 1918년에 벌어진 전쟁*—수많은 개들을 풀어 서로 죽이게 만들고, 주인들은 뒤에 숨어 명령만 내리는 싸움—과 같다고 누토는 말했다. 신문—당시의 신문—을 읽어보면 충분히 알 수 있다고, 세상은 개를 부추기는 주인들로 가득하다고 했다. 그때 누토가 했던 얘기를 나는 자주 떠올리는데, 무슨 일이 일어나는지 알고 싶지도 않았던 시절, 그저 길거리를 오가며 사람들 손에 폭풍우 같은 제목들로 시커먼 신문이 들려 있는 모습을 바라보던 시절이 특히 그렇다.

처음으로 돈을 받게 되자 안졸리나와 줄리아와 파드리노가 어떻게 지내고 있는지 알아보고 싶어졌다. 하지만 가족을 찾으러 가볼 기회는 좀체 잘 오지 않았다. 나는 큰길로 지나가는, 코사노에서 오는 사람들이나 수확기 포도 수레를 끌고 카넬리로 가는 사람들에게 그들의 안부를 묻고는 했다.

한번은 어떤 사람이, 그들이 날 기다리고 있다고, 줄리아가 날 기다리고 있고 모두 날 기억하고 있다고 했다. 내가 소녀들은 지금 어떻게 지내느냐고 물었다. "소녀? 이제 다 큰 여자들인데! 자네처럼 품삯 일을 다니지."

---

* 일차대전 중 1918년 10월 24일부터 11월 3일까지 이탈리아 베네치아 북쪽 비토리오 베네토 근처에서 이탈리아가 주축이 된 한 군대와 오스트리아-헝가리 이중제국 사이에 일어난 전투를 가리키는 듯하다.

그래서 나는 정말로 코사노에 가볼까 했지만, 도저히 시간을 낼
수 없었고, 게다가 겨울에는 길이 너무 좋지 않았다.

제19장

시장이 열리는 첫날 친토는 약속한 주머니칼을 받으려고 안젤로 여관으로 찾아왔다. 어떤 소년이 바깥에서 기다린다는 이야기를 듣고 나가보니 친토였다. 축제 때처럼 옷을 차려입고 나막신을 신고서 카드놀이를 하고 있는 네 명의 사람들 뒤쪽에 서 있었다. 자기 아버지는 광장에서 팽이를 살펴보는 중이라고 했다.

"돈을 갖고 싶니, 주머니칼을 갖고 싶니?" 내가 물었다. 친토는 주머니칼을 원했다. 그래서 우리는 햇살 환한 곳으로 나가 옷감과 수박이 실린 수레 사이를 지나고, 사람들 사이를 비집고 다니고, 땅바닥에 펼쳐진 두꺼운 천들 위에 가득한 철물과 쇠갈고리와 쟁기와 못을 늘어놓은 좌판들을 지나면서 찾아보았다.

"만일 아버지가 보면 빼앗을 수도 있어. 어디다 감출래?" 내가 말했다.

친토는 예의 눈썹 없는 눈으로 웃었다. "아버지가 빼앗으면, 죽여버릴 거예요."

칼을 파는 수레에서 나는 골라보라고 했다. 친토는 믿기지 않는 모양이었다. "자, 빨리 골라." 친토는 나도 욕심이 날 만한 주머니 칼을 선택했다. 크고 멋진 짙은 밤색에 스프링 칼날이 두 개, 병따 개도 있는 칼이었다.

곧바로 여관으로 돌아와 나는 친토에게 혹시 구덩이에서 다른 카드를 발견한 적은 없는지 물었다. 친토는 주머니칼을 든 채 펼쳤 다 접었다를 반복하며 손바닥에 대고 칼날을 시험해보고 있었다. 카드는 본 적이 없다고 했다. 나도 예전에 카넬리의 시장에서 그런 주머니칼을 샀다고, 들판에서 버드나무 가지를 자르는 데 이용했 다고 이야기해주었다.

친토에게 박하 음료수 한 잔을 시켜주고, 그가 마시는 동안 기 차나 버스를 타본 적이 있는지 물었다. 그 아이는 기차보다 자전거 를 타고 싶지만, 모로네 집의 고스토가 그 다리로는 자전거는 못 타고 오토바이가 좋을 거라고 했단다. 내가 캘리포니아에서 트럭 을 몰고 다니던 시절을 이야기하자 카드를 가지고 놀던 네 사람에 게 더는 시선을 주지 않고 그 이야기를 들었다.

그러다가 "오늘 축구시합이 있어요"라며 눈을 커다랗게 떴다.

"너는 안 가볼 거야?" 내가 물어보려는 순간 안젤로 여관의 문 앞에 발리노가 찌푸린 표정으로 나타났다. 그를 보기도 전에 느끼 고 알아차린 친토는 잔을 내려놓고 곧장 아버지에게 갔다. 그들은 햇빛 속으로 함께 사라졌다.

또다시 친토의 눈으로 세상을 볼 수 있다면, 친토처럼 가미넬라 언덕에서 다시 시작할 수 있다면, 그와 똑같은 아버지와 함께, 아마 그와 똑같은 다리로 다시 시작할 수 있다면 무엇을 못 주겠는가. 이제 나는 많은 것을 알고 있고, 나 자신을 보호할 줄도 아는데 말이다. 내가 친토에게 느끼는 것은 연민이 아니었다. 가끔씩 그 아이가 부러웠다. 친토가 밤에 꾸는 꿈이며, 절룩이며 광장을 지나가는 동안 그 아이의 머릿속에 떠오르는 것들을 나는 알 것 같았다. 나는 그렇게 걷지 않고 절름발이도 아니었지만, 여자들과 어린 아이들이 탄 요란한 마차가 축제나 시장을 향해, 카스틸리오네, 코사노, 캄페토*의 회전목마를 향해, 사방을 향해 지나다니는 것을 그토록 수없이 지켜보았고, 줄리아와 안졸리나와 함께 개암나무나 무화과나무 아래, 혹은 다리의 낮은 담장 위에 남아 언제나 똑같은 포도밭과 하늘만 쳐다보며, 그 긴 여름날 오후를 보냈다. 어두워지면 길에서 사람들이 노래하고 웃고 서로를 부르는 소리가, 벨보 강을 가로질러 밤새도록 들려왔다. 그런 날 밤에는 먼 언덕에서 보이는 불빛 한 점, 타오르는 불꽃 한 뭉치에도 나는 고함을 지르고 땅바닥을 굴렀다. 나는 왜 가난한지, 왜 소년인지, 왜 아무것도 아닌지 소리쳤다. 그런 여름날에는, 세상이 뒤집힐 듯 폭풍우가 몰려와 축제를 망칠 때면, 차라리 즐거울 지경이었다. 이제 나는 그 시절이 그리웠고 되돌아가고 싶었다.

다시 모라 농장 마당에 있고 싶었다. 바로 8월의 그날 오후에, 모든 사람이, 심지어 치리노까지, 이웃 사람들이 전부 카넬리의 축제로 떠나면서 나막신만 갖고 있던 내게 이렇게 말했다. "설마 맨발로 가고 싶은 건 아니겠지? 남아서 집이나 봐." 모라 농장에 들

---

* 카스틸리오네는 산토스테파노벨보 북서쪽의 카스틸리오네티넬라Castiglione Tinella를 가리키며, 캄페토Campetto는 남쪽으로 상당히 멀리 떨어진 마을이다.

어간 첫해였고 나는 감히 거역할 수 없었다. 하지만 나는 꽤 오랫동안 그 축제를 기다려왔던 터였다. 카넬리의 축제는 언제나 명성이 자자했다. 분명 기름칠한 나무*와 자루를 입고 달리기가 있고, 축구시합이 있을 것이다.

주인 부부와 딸들, 어린 아기와 에밀리아도 커다란 마차를 타고 갔고 집은 닫혔다. 그곳에는 나 홀로, 개와 황소와 함께 남아 있었다. 잠시 나는 정원의 철책 너머로 길을 지나가는 행인들을 바라보았다. 모두들 카넬리로 가고 있었다. 거지와 불구자마저 부러웠다. 나는 비둘기 집을 향해 돌멩이를 던져 타일을 깨뜨리기 시작했고, 곧 타일이 테라스의 시멘트 바닥에 떨어져 깨지는 소리가 들렸다. 누구라도 괴롭히고 싶은 마음에 낫을 들고 밭으로 뛰쳐나갔다. '나는 집을 안 볼 거야. 집이 불타버리고 도둑이 왔으면 좋겠어.' 밭에 나가자 더이상 지나가는 사람들의 잡담이 들리지 않았고, 그러자 더욱 화가 나고 두려움이 일었다. 울고 싶었다. 나는 방아깨비를 잡아 다리를 잡아 뜯고 관절을 부러뜨리기 시작했다. "너희들 잘못 걸렸어. 너희들도 카넬리에 갔어야지." 그러면서 내가 아는 온갖 욕을 다 퍼부었다.

감히 그럴 수만 있었다면 정원의 꽃도 모두 꺾어버렸을 것이다. 나는 이레네와 실비아의 얼굴을 떠올렸고, 그녀들도 오줌을 눈다고 혼자 중얼거렸다.

그때 마차 한 대가 대문 앞에 멈추었다. "아무도 없어요?" 하고

---

* albero della cuccagna. '풍요의 나무'란 뜻. 여기서는 높다란 나무기둥에 기름칠을 해서 미끄럽게 만들어놓고 꼭대기에 각종 상품을 걸어두어 참가자들이 올라가서 따는 놀이를 말한다.

부르는 소리가 들렸다. 니차에서 온 장교 두 사람이었는데, 언젠가 테라스에서 주인의 두 딸과 같이 있는 걸 본 적이 있었다. 나는 회랑 뒤로 숨은 채 아무 소리도 내지 않고 있었다. "아무도 없어요? 아가씨들! 이레네 양!" 그들은 소리쳤다. 개가 짖기 시작했고 나는 계속 잠자코 있었다.

잠시 뒤 그들이 가버리자 약간 기분이 좋아졌다. 나는 생각했다. '저들도 사생아들이야.' 빵 한 조각을 먹으려고 집 안으로 들어갔다. 지하실은 닫혀 있었다. 하지만 양파들 사이의 찬장에 멋진 포도주 한 병이 있어서, 나는 병을 들고 달리아 뒤로 가 모두 마셔버렸다. 머리가 빙빙 돌고 파리들이 가득한 듯 붕붕거렸다. 나는 부엌으로 돌아가 마치 고양이가 한 짓인 양 찬장 앞바닥에 병을 깨뜨리고는 물을 조금 부어 포도주가 쏟아진 것처럼 만들었다. 그런 다음 건초창고로 갔다.

저녁까지 술에 취한 상태로 소에게 물을 먹이고 짚을 갈아주고 건초를 던져주었다. 사람들이 다시 길로 지나가기 시작하여, 나는 철책 뒤에서 물어보았다. 올해 기름칠한 나무에는 무엇이 달려 있었느냐, 정말 자루를 입고 달리기를 했느냐, 누가 이겼느냐. 사람들은 걸음을 멈추고 기꺼이 이야기를 해주었다. 누구도 나와 그렇게 많은 이야기를 나눈 적이 없었다. 이제 나는 다른 사람이 된 것만 같았고, 심지어 그 두 장교에게 대답하지 않았던 것이, 우리 아가씨들에게 무엇을 원하는지, 그녀들이 정말 카넬리의 여자들과 똑같다고 생각하는지 물어보지 않은 것이 후회될 지경이었다.

모라 농장이 사람들로 다시 가득해졌을 때쯤에는 축제에 대해 알 만큼 알게 되어, 마치 직접 가본 듯 치리노와 에밀리아, 모두와 함께 떠들 수 있었다. 저녁식사 때는 술도 나왔다. 커다란 마차는 밤늦게서야 돌아왔다. 이미 잠에 빠져, 기름칠한 나무처럼 매끄러운 실비아의 등허리를 기어오르는 꿈을 꾸던 나는, 치리노가 일어나 문으로 가서 이야기하는 소리, 문이 여닫히는 소리, 말이 히힝거리는 소리를 잠결에 들었다. 매트리스에서 돌아누운 채, 나는 이제 모두 함께한다는 것이 얼마나 좋은지를 생각했다. 내일 우리는 잠에서 깨어 마당으로 나갈 것이고, 다시 축제에 대해 말할 것이고, 축제에 대해 들을 것이다.

제20장

그 시절의 멋진 것이라면, 모든 일이 계절에 따라 이루어지고, 각 계절마다 일에 따라, 수확에 따라, 비오는 날이나 맑게 갠 날에 따라 고유한 풍습과 놀이가 있었다는 점이다. 겨울에는 진흙이 엉겨붙어 무거운 나막신을 신고서 쟁기질로 피곤한 어깨와 거친 손으로 부엌으로 들어갔지만, 그루터기만 남은 땅을 갈아엎고 나면 모든 게 끝났고, 눈이 내렸다. 군밤을 먹고 밤늦게까지 깨어 있고 마구간을 돌아다니는 동안, 많은 시간이 흘렀으며, 언제나 일요일 같았다. 마지막 겨울의 노동과 2월의 첫날이 떠오른다―우리는 시커멓고 눅눅한 옥수숫대와 잎사귀 더미에 불을 붙이고 들판에서 연기를 피워 올렸다. 거기서는 벌써 밤과 밤샘의 냄새가 풍겨나오며 내일의 화창한 날씨를 약속했다.

겨울은 누토의 계절이었다. 청년이 되어 클라리넷을 부는 그는, 여름에만 언덕이나 마을로 나가 연주하고, 겨울에는 언제나 자기 집과 모라 농장 앞마당 주변을 떠나지 않았다. 그는 자전거 경주용 모자에 회녹색 셔츠 차림으로 와서 온갖 세상사를 늘어놓았다. 배나무에 열린 배를 계수하는 기계가 발명됐다거나, 카넬리에서는 외지에서 온 도둑이 밤사이에 소변기를 훔쳐갔다거나, 칼로소의 어떤 사람은 외출 전에 자식들이 서로 물지 못하게 입마개를 채운다거나 하는 이야기를 말이다. 그는 모든 소식을 다 아는 듯했다. 카시나스코*의 어떤 사람은 포도 판매대금, 백 리라짜리 지폐들이 썩지 않게 갈대 채반에 펼쳐 아침 햇볕에 한 시간을 말린다는 것도 알고, 탈장이 생겨 호박만큼 커진 쿠미니 언덕의 어떤 사람은 어느 날 아내에게 자기한테서도 젖을 짜보라고 했다는 것도 알고 있었다. 또 어떤 사람 둘이 숫염소를 잡아먹고 나서 하나는 껑충껑충 뛰며 매매 울고 다른 하나는 뿔이 난 듯 머리를 치받았다는 이야기도 했다. 아내들 이야기, 엉망이 된 결혼식 이야기, 지하실에 시체가 있는 농가 이야기도 했다.

가을에서 1월까지 아이들은 구슬치기 놀이를 했고 어른들은 카드놀이를 했다. 누토는 모든 놀이를 알았지만 특히 카드를 숨기고 알아맞히는 놀이, 카드가 더미에서 저절로 튕겨 나오게 만들거나, 토끼 귀에서 카드를 꺼내는 놀이를 좋아했다. 하지만 아침에 들어오다가 마당에서 햇볕을 쬐는 날 발견할 때면 담배를 둘로 잘라 함께 불을 붙이고 이렇게 말했다. "우리 지붕 구멍에 들어가 보자." 지붕 구멍이란 비둘기 집이 있는 고미다락으로, 거기로 가려면 주인 가족이 지내는 곳 층계참에서 큰 사다리를 타고 올라가야 했고,

* Cassinasco. 산토스테파노벨보 동쪽에 있는 마을이다.

그 안에서는 몸을 굽히고 있어야 했다. 거기에는 커다란 상자 하나와 망가진 용수철 더미, 탕파湯婆, 말갈기 뭉치가 있었다. 살토 언덕이 내려다보이는 조그맣고 둥근 창문은 가미넬라 오두막의 창문을 연상시켰다. 누토는 상자 속을 뒤져보곤 했다—뜯어진 책들한 무더기와 녹슨 빛깔의 낡은 종이들, 지출장부들, 망가진 그림들이 들어 있는 상자였다. 누토는 책들을 들춰보고 탁탁 두들겨 곰팡이를 털어냈지만, 그 책들은 잠시만 들고 있어도 손이 얼어붙을 것만 같았다. 모두 알바에서 공부한 마테오 씨의 아버지와 할아버지의 물건이었다. 미사 독본처럼 라틴어로 쓰인 책도 있었고, 동물들과 흑인들이 그려진 책도 있어서 나는 코끼리와 사자와 고래에 대해 알게 되었다. 그중 몇몇 책을 누토가 셔츠 안에 넣어 집으로 가져갔다. "이제 아무도 안 보는 거니까." 그는 말했다. "그것으로 뭐하려고? 너희는 신문도 보잖아?" 내가 물었다.

"이건 책이야. 너도 되는 대로 책을 봐라. 책을 읽지 않으면 마냥 불쌍한 사람으로 남는 거야." 누토는 말했다.

층계참을 지나갈 때 이레네가 피아노 치는 소리가 들렸다. 아름다운 햇살이 비치는 아침이면 유리문 틈에서 피아노 소리가 라임나무로 둘러싸인 테라스까지 퍼졌다. 유리창이 떨릴 만큼 큰 소리를 내는 커다랗고 검은 가구 같은 물건을 그녀 혼자 하얗고 긴 손가락으로 연주하는 것에 나는 늘 큰 인상을 받았다. 누토는 연주솜씨가 아주 훌륭하다고 했다. 이레네는 어릴 때 알바에서 피아노를 배웠다. 반면 실비아는 피아노를 두들겨 소음만 냈고 노래를 하다가 갑자기 그만두곤 했다. 한두 살 더 어린 실비아는 아직 계단을 조심성 없이 올라다녔다—그리고 그해 자전거를 타기 시작했는데, 역장 아들이 안장을 잡아주었다.

피아노 소리를 들을 때면 나는 내 손을 바라보며 나와 주인 가족, 나와 그 아가씨들 사이에 커다란 차이가 있음을 실감했다. 거의 이십 년 전부터 힘든 노동을 하지 않고, 전혀 생각지도 않던 이름을 쓰는 지금도, 손을 바라보면 나 스스로 주인 나리가 아니라는 것을, 내가 한때 괭이를 들었었다는 것을 누구나 알 수 있을 것이란 사실을 깨닫는다. 물론 이제는 여자들은 그런 것에 크게 신경쓰지 않는다는 사실 또한 나는 알게 되었다.

누토는 이레네에게 예술가처럼 연주한다면서 자신은 하루 종일 듣고 있어라 해도 들을 수 있을 것 같다고 말했다. 그러자 이레네는 누토를 테라스로 불러—나도 누토와 함께 갔다—유리문을 열어둔 채 어렵지만 정말 아름다운 곡을 연주했다. 피아노 소리는 집 안을 가득채웠고, 분명 큰길 옆 청포도밭까지 들렸으리라. 세상에! 나는 그게 얼마나 마음에 들었는지 모른다. 누토는 마치 클라리넷을 물고 있는 듯 입술을 삐죽 내민 채 듣고 있었고 나는 유리문을 통해 방 안에 있는 꽃들과 거울, 이레네의 곧은 등, 힘들여 움직이는 팔, 악보 위로 숙인 금발의 머리카락을 바라보았다. 그리고 곧이어 언덕을, 포도밭을, 강기슭을 바라보았다. 그 음악이 악단들이 연주하는 음악과는 다르다는 걸 알 수 있었다. 그것은 다른 것에 대해 말하고 있었으며, 가미넬라 언덕이나 벨보 강의 포플러나 무나 우리를 위한 음악이 아니었다. 멀리 카넬리 쪽으로 살토 언덕의 옆모습과 마른 플라타너스들 한가운데 빨간 벽돌의 니도 저택이 보였다. 이레네의 음악은 니도 저택, 카넬리의 영주들에게 어울리는 것이었고, 바로 그들을 위한 것이었다.

"아니! 틀렸어요!" 누토가 갑자기 소리쳤다. 서둘러 연주를 이어가려고 하던 이레네는 잠시 고개를 숙인 채 불그레해진 얼굴로 웃으면서 멋쩍게 누토를 바라보았다. 곧 누토는 방 안으로 들어가 악보를 넘겨주고는 무언가 같이 이야기를 나누었고, 이레네는 다시금 연주를 시작했다. 나는 테라스에 남아 계속 니도 저택과 카넬리 언덕을 바라보았다.

마테오 씨의 두 딸은 나와 어울리지 않았다. 누토에게도 어울리지 않았고. 그들은 부자였고 너무나도 아름다웠고 키도 컸다. 그들의 동반자는 장교들, 영주들, 측량사들, 지체 높은 청년들이었다. 저녁때 우리들, 에밀리아나 치리노, 그리고 세라피나 중 누군가는 요사이 실비아가 누구와 이야기를 나누고 있는지, 이레네가 쓰는 편지가 누구에게 가고, 전날 저녁에는 누가 그 두 숙녀와 함께 있었는지를 알고 있었다. 그리고 그들의 새엄마는 그들을 결혼시킬 생각도 없이 자기 딸 산티나를 위한 지참금을 불리는 데만 관심이 있다고들 했다. 농장 관리인은 말했다. "그래그래, 두 아가씨는 그만 좀 내버려두라고."

나는 잠자코 있었고 여름날에는 벨보 강가에 앉아서 가끔씩 실비아를 생각하곤 했다. 아름다운 금발의 이레네는 감히 떠올릴 수도 없었다. 그런데 어느 날 이레네가 산티나를 데리고 아무도 없는 강가의 모래밭으로 놀러온 것을 봤다. 둘이 달려가다가 물가에서 멈추는 모습이 보였다. 나는 딱총나무 덤불 뒤에 숨었다. 산티나가 맞은편 강가에 있는 무언가를 가리키면서 소리를 질렀다. 그러자 이레네는 책을 내려놓고 몸을 숙이더니 신발과 양말을 벗었고, 그 멋진 금발에 하얀 다리로, 치마를 무릎까지 걷어올린 채 물속으로

들어갔다. 먼저 발로 더듬어보면서 천천히 가로질러갔다. 그러고
는 산티나에게 움직이지 말라고 소리치며, 노란색 꽃들을 꺾었다.
그 모습이 마치 어제 일처럼 생생하게 떠오른다.

제21장

　몇 년 뒤 군대 생활을 하던 제노바에서 나는 실비아를 닮은 아가씨를 발견했다. 실비아처럼 갈색 머리였지만 약간 더 통통한 체형에 짓궂었으며, 내가 모라 농장에 들어갔을 때의 이레네와 실비아와 같은 또래였다. 나는 바닷가에 작은 빌라를 소유한 대대장의 당번병으로 정원 관리도 담당하고 있었다. 정원을 청소하고, 난로에 불을 피우고, 목욕물을 데우고, 부엌을 돌아다녔다. 테레사라는 그 하녀는 내 말투를 갖고 놀렸다. 내가 말을 할 때마다 놀려대는 하사관들을 피하느라, 주위에 아무도 없이 혼자 일하는 당번병이 됐던 것인데 말이다. 나는 테레사의 얼굴을 똑바로 쳐다보았다. 아무런 말도 하지 않고—언제나 그랬듯이—바라보기만 했다. 나는 사람들이 말하는 것에 관심을 기울이며 말은 적게 했고, 그렇게 언제나 무엇인가를 배웠다.

　테레사는 웃더니 셔츠를 빨아줄 아가씨 하나 없느냐고 물었다.

"제노바에는 없어요." 나는 말했다.

그러면 휴가를 받아 고향에 갈 때 보따리를 들고 갈 셈이냐고 그녀가 물었다.

"고향에는 안 갈 거예요. 이곳 제노바에 그냥 남아 있으려고요." 나는 말했다.

"그러면 아가씨는?"

"상관없어요. 여기 제노바에도 아가씨들이 있으니까."

테레사는 웃었고, 예를 들면 누구냐고 물었다. 그래서 나도 웃으며 대답했다. "모르겠네."

테레사는 내 아가씨가 되었고, 밤이 되면 나는 그녀의 침실로 올라가 사랑을 나누었다. 그럴 때면 그녀는 언제나 나에게 제노바에서 직업 없이 무얼 하고 싶은지, 왜 고향으로 돌아가지 않으려 하는지 물었다. 농담 반 진담 반 던진 질문이었다. "여기에 네가 있으니까" 하고 답할 수 있었겠지만 쓸데없는 짓이다. 우리는 이미 침대에서 껴안고 있었으니까. 아니면 제노바도 충분하지 않다고, 이곳은 누토도 와본 적 있고 모두가 와볼 수 있으며, 그래서 나는 벌써 제노바에 싫증이 났다고, 더 멀리 가련다고 말할 수도 있었으리라. 하지만 그렇게 말했다면 테레사는 화를 내며 내 손을 붙잡고, 너도 다른 남자들과 똑같다고 욕을 퍼부었을 것이다. 나는 말했다. "사람들은 일부러 제노바에 오고 기꺼이 머물지. 난 직업이 있지만 제노바에서는 아무도 내가 하는 일을 원하지 않아. 내 일이 쓸모가 있는 곳으로 가야만 해. 내 고향 사람들 중 누구도 가본 적 없는 먼 곳이어야 하지."

내가 사생아라는 걸 알고 있던 테레사는, 왜 찾아보지 않느냐고, 최소한 어머니가 알고 싶지 않느냐고 물었다. "너의 피가 그런 모양이지. 너는 집시의 아들일지도 몰라. 곱슬머리에……"

(나에게 안귈라라는 별명을 붙여준 에밀리아는 내가 분명 길거리 곡예사와 알타랑가* 암염소의 아들일 거라고 말하곤 했다. 그러면 나는 웃으며 신부의 아들일 거라고 했다. 한번은 누토가 물었다. "왜 그런 소릴 하는 거야?" "게으름뱅이니까." 에밀리아의 답이었다. 그러자 누토는 소리치기 시작했다. 게으름뱅이, 악당, 범죄자로 태어나는 사람은 없어, 사람은 다 평등하게 태어나고, 단지 다른 사람들이 나쁘게 해서 망가지는 거야. 나는 반박했다. "하지만 가놀라를 봐. 멍청이 바보로 태어났다고." "멍청이가 악당을 뜻하진 않아. 무지렁이들이 뒤에서 소리쳐 화를 돋는 거지.")

그런 생각이 떠오르는 것도 여자를 안고 있을 때뿐이었다. 몇 년 뒤―미국에서 지내며―나는 미국인 모두가 사생아라는 걸 깨달았다. 프레즈노에 머무는 동안 많은 여자를 침대로 데려갔고, 한 여자와는 거의 결혼까지 할 뻔했는데도, 그들의 어머니와 아버지가 어디에 있고, 그들의 땅이 어디에 있는지 전혀 몰랐다. 그들은 혼자 살았고, 누구는 통조림 공장에서 일했고, 또 누구는 사무실에서 일했다―교사였던 로잰은 어딘지 모를 농촌 지역에서 영화 잡지에 투고할 글 한 장만 들고 그곳에 왔는데, 그 해안에서 어떤 삶을 살았는지는 절대 이야기하려 하지 않았다. 그저 힘들었다고, "지옥 같은 시절a hell of a time"이었다고만 했다. 그 시절은 그녀에게 약간 허스키하고 높은 목소리를 남겼다. 물론 그곳에도 수많은

---

* Alta Langa. 높은 랑가. 산토스테파노벨보를 인근 700미터가 넘는 랑게 골짜기에 있는 산간마을들을 가리킨다.

가족이 있어서, 특히 언덕 위 농장과 과일 통조림 공장 앞 새로 지은 집들에서는 여름날 저녁마다 시끄러운 소리가 들리는가 하면, 포도밭과 무화과나무 냄새가 허공에 퍼졌고 젊은이들과 아가씨들 무리가 골목과 길거리를 내달렸다. 하지만 모두 아르메니아, 멕시코, 이탈리아 사람들인 그들은 언제나 방금 그곳에 도착한 것 같았고, 시내에서 청소부들이 보도를 청소하는 것과 다를 바 없이 농장에서 일했으며, 잠을 자고 즐기는 것은 시내에서 했다. 어디서 왔는지, 아버지나 할아버지가 누군지 아무도 묻지 않았다. 시골 아가씨는 존재하지 않았다. 높은 계곡에서 온 아가씨도 염소나 숲이 무엇인지 몰랐다. 사무실에서 일하는 아가씨처럼 그들도 자동차나 자전거나 기차를 타고 일하러 갔다. 도시에서는 무얼 하든 무리를 짓는 것이, 비유하자면 포도 수확 축제 행렬의 마차와 같았다.

로잰이 내 아가씨였을 때, 나는 그녀가 그야말로 사생아라는 것을, 침대에 뻗은 다리가 그녀의 힘의 전부라는 걸 알게 되었다. 그녀의 부모는 농촌이나 다른 어떤 곳에 있었겠지만 그녀에게 중요한 것은 내가 그녀와 해안으로 돌아가 포도나무 덩굴을 늘어뜨린 이탈리아 식당을 여는 것뿐이었고—"알지, 거긴 환상적이야a fancy place, you know"—거기서 누군가 자신을 보고 사진을 찍어 컬러 잡지에 실어주는 기회를 잡는 것이었다—"딱 한 번만 기회를 줘, 자기야only gimme a break, baby." 그녀는 자신을 알리기 위해서라면 벌거벗고, 심지어 소방서 계단에서 다리를 벌린 채 사진을 찍을 준비가 되어 있었다. 내가 자신에게 쓸모가 있을 거라는 생각을 어떻게 하게 됐는지 나로선 알 수가 없다. 왜 나와 함께 자느냐고 물었을 때 그녀는 웃었고, 무엇보다 내가 남자이기 때문이

라고 말했다─"바꿔서 생각을 해봐, 너도 내가 여자라서 같이 자
는 거잖아Put it the other way round, you come with me because I'm a
girl." 그녀는 바보가 아니었고, 자신이 원하는 것을 분명히 알고 있
었다. 다만 불가능한 것을 원했을 뿐이다. 술은 한 방울도 입에 대
지 않았다─"알잖아. 외모야말로 유일한 공짜 광고가 되는 요소
라고your looks, you know, are your only free advertising agent." 그렇
지만 금주법이 폐지됐을 때, 여전히 '금주법 시대의 진prohibition-
time gin'을 원하는 수많은 사람들을 위해서 술을 만들어 보라고 조
언했던 사람도 바로 그녀였다.

금발의 머리칼에 키가 큰 로잰은 언제나 주름살을 펴고 머리칼
을 매만지는 데 몰두했다. 당당한 걸음걸이로 학교 정문을 나서는
모습을 보면, 그녀를 잘 모르는 사람은, 멋진 여대생이라고 생각했
을 것이다. 무엇을 가르쳤는지는 나는 모르겠다. 학생들은 휘파람
을 불고 모자를 공중으로 던지면서, 그녀에게 인사를 건넸다. 처음
그녀와 이야기를 나눌 때, 나는 손을 감추었고 목소리를 다르게 냈
다. 곧바로 그녀는 나에게 왜 미국 사람처럼 굴지 않느냐고 물었
다. 나는 미국 사람이 아니기 때문이라고 대답했다─"나는 뜨내기
니까because I'm a wop." 그러자 그녀는 웃음을 터트렸고, 돈과 두
뇌만 있으면 미국 사람이 되는 거라고 했다─"그 둘 가운데 너한
테 없는 게 뭔데Which of them do you lack?"

종종 생각해보았다. 우리 둘 사이에서 어떤 아이가 태어날까
를─그녀의 미끈하고 단단한 허리에서, 우유와 오렌지주스로 양
육된 하얀 배에서, 그리고 내게서, 내 진한 피에서 어떤 아이가 태
어날까를. 우리 둘 다 어딘지 모를 곳에서 왔고, 따라서 그것은 우

리가 누구인지, 우리가 정말로 핏속에 무엇을 갖고 있는지 알 수 있는 유일한 방법이었다. 나는 생각했다. '만약 내 아들이 내 아버지나 내 할아버지를 닮는다면, 정말 멋질 거야. 그렇다면 내가 누구인지 마침내 두 눈으로 보게 되겠지.' 해안으로 가자는 제안을 내가 받아들였다면 로잰은 아들까지 낳아주었을 것이다. 하지만 나는 움직이지 않았다. 나는 미국 아들을―그런 엄마와 내게서 태어날 또다른 사생아를― 원하지 않았다. 그때 이미 내가 돌아가게 되리란 걸 알고 있었다.

나와 함께 있는 한, 로잰은 아무것도 이룰 수 없었다. 날씨가 좋은 일요일이면 우리는 자동차를 타고 해변으로 가서 해수욕을 즐겼다. 로잰은 샌들을 신고 컬러 숄을 두른 채 바닷가를 산책했고, 수영장에서 반바지 차림으로 음료수를 홀짝거렸고, 내 침대에서 하듯 접의자에 길게 누웠다. 나는 웃었지만 누구에게 웃었는지 모르겠다. 어쨌든 그녀가 좋았다. 어떤 날 아침의 상큼한 공기를 맛보는 것처럼, 길거리에 늘어선 이탈리아 사람들의 노점에서 신선한 과일을 만지는 것처럼 좋았다.

그러던 어느 저녁 로잰이 자기 가족에게 돌아가겠다고 했다. 나는 그 자리에 얼어붙고 말았다. 그녀가 그럴 수 있으리라고는 전혀 생각지 않았기 때문이다. 얼마나 가 있을 것인지 물으려 했지만, 그녀는 자기 무릎만 바라보며―차 안에, 내 옆에 앉아서―내게 아무런 말도 꺼내지 말라고 했다. 모든 것이 결정되었다고, 자신은 영원히 가족에게 갈 거라고. 나는 언제 떠날 거냐고 물었다. "내일이라도. 언제든지Any time."

하숙집으로 바래다주면서, 나는 우리가 더 이야기를 나눠볼 수 있을 거라고, 결혼을 할 수 있을 거라고 말했다. 로잰은 여전히 무릎에 시선을 내리깐 채 이마를 찌푸리고 반쯤 씁쓸한 웃음을 지으며 내 말을 들었다.

"나도 생각해봤어." 그녀는 허스키한 목소리로 대꾸했다. "소용없어. 나는 졌어. 싸움에서 내가 졌다고I've lost my battle."

그녀는 고향으로 가지 않았다. 해안으로 되돌아갔다. 하지만 컬러 잡지에 나오진 않았다. 몇 달 뒤 산타모니카에서 엽서로 돈을 보내달라고 했다. 나는 돈을 보냈다. 하지만 답장은 없었다. 그녀의 소식을 더는 들을 수 없었다.

제22장

나는 세상을 돌아다니며 여자들을 만났다. 금발이든 갈색 머리든 간에 여자들을 찾았고 많은 돈을 썼다. 더이상 젊지 않은 지금, 여자들이 나를 찾지만 그건 그리 중요하지 않다. 나는 마테오 씨의 딸들이 가장 아름다운 여자들은 아니라는 것을 알게 되었다―다큰 산티나는 본 적이 없으니 어떨지 모르지만. 마테오 씨의 딸들이 지닌 아름다움은 달리아나 스페인 장미처럼 정원의 과일나무 밑에서 자라는 꽃들의 아름다움이었다. 또한 그녀들의 재주가 뛰어나지 않다는 것도 알게 되었다. 그녀들은 피아노, 소설, 차, 양산을 가지고도 나름의 삶을 만들지 못했고, 진정한 부인이 되지도 남자와 집을 지배하지도 못했다. 오히려 이 계곡에 사는 많은 시골 여자들이 더 멋지게 자신을 드러내며 지배할 줄 알았다. 이레네와 실비아는 시골 여자도 아니었지만 진정한 숙녀도 아니었다. 그들은 불쌍하게 죽을 만큼 불쌍하게 살았다.

그런 그들의 약점을 나는 첫 포도 수확 때 일찌감치 알게 됐다—물론 분명하게 깨닫지는 못했지만 어쨌든 직감하고 있었다. 여름 내내 앞마당이나 밭에서 눈을 들고 테라스, 유리문, 기와지붕을 바라보면 그들과 계모와 어린 산티나가 집안의 주인이라는 것을 알 수 있었다. 마테오 씨도 카펫에 발을 닦지 않으면 방으로 들어갈 수 없었다. 나는 위층에서 두 자매가 서로를 부르는 소리에 귀를 기울이고, 그들을 위해 말을 마차에 매고, 유리문으로 나와 양산을 들고 산책하러 가는 그 모습을 보기도 했는데, 그럴 때면 에밀리아도 헐뜯지 못할 정도의 아름다운 옷차림이었다. 어느 아침에는 한 사람이 마당으로 내려와 괭이와 손수레, 가축들을 지나 정원의 장미를 꺾기도 했다. 그 둘은 자그마한 신발을 신고 밭이나 오솔길로 나와 세라피나나 농장 관리인과 이야기를 나누고, 황소에 놀라기도 했고, 아름다운 바구니를 들고 7월 포도를 따기도 했다. 어느 저녁에는—성 요한 축일 저녁이라 사방에 불이 피워져 있었는데—밀 낟가리를 쌓아올린 뒤 시원한 바람을 쐬고 어린 여자아이들이 부르는 노래를 들었다. 나중에 부엌이나 포도나무 이랑 사이에서 그 둘의 이야기를 많이 들었다. 피아노를 연주하고 책을 읽고 방석에 수를 놓고 성당 의자에는 이름표가 붙어 있다고. 그런데 바로 그해 포도 수확기, 우리가 바구니와 통을 준비하고 지하실을 청소하고 마테오 씨도 포도밭을 돌아다닐 무렵, 에밀리아가 집이 발칵 뒤집혔다는 이야기를 해주었다. 실비아가 문을 쾅하고 닫았고 이레네는 발그레한 눈으로 식탁에 앉아 먹지도 않았다면서. 포도 수확과 수확의 즐거움 외에 도대체 무슨 일이 있을 수 있는지 나로서는 이해할 수 없었다. 그 모든 것이 바로 그들을 위한 것이었고, 역시 그들의 소유인 마테오 씨의 지하실과 호주머니를 가득 채우기 위한 것인데 말이다. 어느 날 저녁 에밀리아가 울타리 난간에 앉아 있는 우리에게 말했다. "니도 저택 때문이야."

보름 전, 며느리, 손자와 함께 해수욕을 하고 돌아온 제노바의 늙은 여백작이 플라타너스 밑에서 잔치를 열겠다고 카넬리 마을에 초대장을 돌렸다—그런데 모라 농장의 두 아가씨와 엘비라 부인을 빼놓은 것이다. 어쩌다 잊은 걸까 아니면 일부러 그런 걸까? 세 여인은 마테오 씨를 볶았다. 에밀리아에 따르면 지금 집안에서 광분하지 않은 사람은 산티나뿐이었다. "내가 그런 것도 아니잖아. 하나가 소리를 지르면 하나는 펄쩍 뛰고 다른 하나는 문을 쾅 닫고. 가려우면 자기가 긁든지."

곧 수확철이 다가오기에 나도 그 일은 더 생각지 않았다. 하지만 이 사건은 내 눈을 열게 하기에 충분했다. 이레네와 실비아도 우리처럼 대접을 받지 못하면 고약해지고 모욕을 당하면 괴로워하며 갖고 있지 않은 것은 열망하는 사람들이었다. 모든 주인이 똑같은 가치를 지니고 있지 않으며, 우리 주인 여자들을 초대하지도 않는 더 중요하고 부자인 사람도 있다는 것. 그래서 나는 그 오래된 니도 저택의 방들과 정원이 도대체 어떻기에, 이레네와 실비아가 그토록 가고파 안달해도 갈 수 없는 것인지 나 자신에게 묻기 시작했다. 우리가 알 수 있는 것은 톰마시노와 몇몇 하인들이 전하는 이야기뿐이었다. 왜냐하면 언덕의 그쪽 면은 울타리로 완전히 둘러쳐진데다 우리 포도밭과 그곳을 갈라놓는 강둑에는 팻말이 있어 사냥꾼도 들어갈 수 없었기 때문이다. 그리고 니도 아래쪽 큰길에서 고개를 들면 대나무라고 부르는 그 이상한 갈대 같은 것들만이 빽빽했다. 톰마시노는 그 안에 정원이 있고 저택 주위에는 봄철 도로 관리인들이 큰길에 뿌리는 자갈보다 더 작고 하얀 돌들이 잔뜩 깔려 있다고 했다. 그리고 니도의 저택 뒤쪽 언덕으로는 산탄토니노 너머까지 온통 포도밭과 밀밭, 밀밭과 포도밭, 그리고 농가, 호두나무, 버찌나무, 아몬드나무 숲이 펼쳐지며, 카넬리 쪽으로 내려가면 거기에 시멘트 담장과 화단에 둘러쳐진 묘목장이 있다는 것이었다.

니도 저택의 꽃들을 나는 그 전해에 봤었다. 이레네와 엘비라 부인이 함께 그곳에 갔다가 꽃다발을 가지고 돌아왔는데, 성당의 채색 유리나 신부의 미사 제의보다도 아름다웠다. 이듬해에는 카넬리 거리에서 여백작의 마차가 돌아다니기도 했다. 누토가 보았는데, 마차를 모는 하인 모레토는 눈부신 모자에 하얀 넥타이를 걸친 모습이 꼭 카라비니에레* 같았다고 했다. 그 마차가 우리 농장에 멈춘 적은 없었고, 딱 한 번 마을에 가느라 지나간 일이 있었다. 늙은 여백작은 미사도 카넬리에서 보았다. 나이든 이곳 사람들은 말했다. 오래전에 여백작이 이곳으로 오기 전에는 니도 저택의 주인들이 미사를 보러 가는 일도 없이 신부 한 명만 데리고 와서 지내며 매일같이 방에 모여서 미사를 드렸다고. 하지만 그것은 여백작이 아직 아무것도 아닌 아가씨였던 시절, 제노바에서 백작의 아들과 사랑에 빠져 있던 때의 일이다. 나중에 그녀는 모든 것의 주인이 되었고, 백작의 아들은 죽었고, 프랑스에서 그녀와 결혼한 멋진 장교도 죽었으며, 두 사람의 아들들도 어딘지 알 수 없는 곳에

---

* carabiniere. 총기병. 현대 이탈리아에서 군대 기능도 수행하는 국립경찰.

서 죽었다고, 지금 늙은 여백작은 새하얀 머리칼에 노란색 양산을 들고 마차에 올라 카넬리를 오가며 손자들에게 먹을 것과 잠자리를 제공한다고. 하지만 백작의 아들이나 프랑스 장교가 살아 있던 시절에는 매일 밤마다 니도 저택에서는 언제나 불이 환하게 밝혀져 있었고, 언제나 잔치를 베풀었으며, 당시 아직 장미처럼 젊었던 여백작은 만찬과 무도회를 열어 니차와 알레산드리아의 사람들을 초대했다고. 아름다운 여인들, 장교들, 하원의원들 모두 쌍두마차를 타고 하인들과 함께 와서 카드놀이를 하고, 아이스크림을 먹고, 결혼식을 올렸다고.

이레네와 실비아는 이 모든 것을 알고 있었고, 그들에게 여백작의 환대를 누리고 잔치에 초대받아 참석하는 것은 그저 내가 테라스에서 피아노가 있는 방을 흘끗 바라보고 그들이 우리의 머리 위 식탁에 앉아 있음을 인식하는 것, 에밀리아가 포크와 스푼으로 그들 흉내를 내는 모습을 구경하는 것과 크게 다를 게 없었다. 다만 여자들끼리 있다 보니 힘들었던 것이다. 그들은 하루 종일 테라스나 정원에서 빈둥거렸을 뿐이다―몰두할 일이나 진정한 노고가 없었으니까. 그들은 산티나를 돌보는 것도 싫어했다. 모라 농장을 나와서 플라타너스 아래에 자리한 그 정원으로 들어가, 여백작의 며느리와 손자들과 함께 있고 싶은 욕망이 그들을 미치게 만들었던 것이리라. 내가 카시나스코 언덕 위에 지펴진 불을 보거나 밤 기차의 기적소리를 들었을 때처럼.

제23장

곧 벨보 강의 포플러나무들 사이에서, 또 언덕 위의 평원에서 이른 시간부터 엽총 소리가 울리고 치리노가 이랑 사이로 달아나는 산토끼를 보았다고 이야기하는 계절이 왔다. 한 해의 가장 아름다운 시기였다. 포도를 수확하고, 잎사귀를 따주고, 포도를 압착하는 것은 일도 아니었다. 이제는 덥지도 춥지도 않고, 또렷한 구름 몇 점이 하늘 위에 떠다니고, 사람들은 폴렌타와 산토끼 고기를 먹으면서 버섯을 따러 다니는 계절이 되었다.

우리는 근처로 버섯을 따러 다녔다. 이레네와 실비아는 카넬리의 친구들이며 청년들과 함께 마차를 타고 알리아노*까지 갔다. 어느 날 아침, 풀밭에 아직 안개가 내려앉아 있을 무렵에 그들이 출발했는데, 내가 마차에 말을 맸다. 그들은 카넬리의 광장에서 다른

---

* Agliano. 카넬리 북쪽에 있는 마을이다.

사람들과도 만나야 했다. 마을의 의사 아들이 채찍을 잡았다. 표적 맞히기에서 언제나 정중앙을 맞히고 저녁부터 아침까지 도박을 하는 젊은이였다. 그날은 엄청난 폭풍우가 몰아치고, 8월처럼 천둥과 번개가 내리쳤다. 치리노와 세라피나는 보름 전 포도 수확 때가 아니라, 지금 버섯이나 버섯을 따는 사람들한테 우박이 쏟아지는 편이 낫다고 말했다. 억수같이 내리는 비는 밤이 되어도 그치지 않았다. 마테오 씨는 머리에 망토를 뒤집어쓴 채 등불을 들고 우리를 깨우러 와서는 안절부절못하고 마차가 도착하는 소리가 들리는지 주의깊게 들어보라고 주문했다. 위층 유리창에 하나둘 불이 켜지고 에밀리아가 커피를 끓이느라 위아래로 뛰어다니고, 어린 산티나는 자기도 버섯 따는 데 데려가지 않았다고 울부짖었다.

마차는 이튿날에 돌아왔다. 의사 아들은 채찍을 휘두르며 "알리아노 빗물 만세!"를 외치며 발판도 딛지 않고 땅바닥으로 뛰어내렸다. 그러고는 아가씨들이 내리는 걸 도와주었다. 그들은 머리에 손수건을 두른 채 추워서 덜덜 떨고 있었고, 무릎 위 바구니는 텅 비어 있었다. 그들이 위층으로 올라가자 곧이어 따뜻하게 몸을 덥히며 떠들고 웃는 소리가 들려왔다.

그렇게 알리아노에 다녀온 뒤로 의사 아들은 종종 테라스 밑 큰길을 지나다니며 아가씨들에게 인사를 하고 이야기를 나누었다. 그러다 겨울날 오후에는 집 안으로 들어오게 됐는데, 그는 사냥꾼 장화를 신고 돌아다니면서 말채찍으로 장화를 두드리는가 하면 주위를 둘러보며 정원에서 꽃이나 작은 가지—아니, 정확히 말하자면 어린 포도나무의 붉은 잎사귀—를 꺾다가 유리문 뒤의 계단으로 재빨리 올라갔다. 위층에는 벽난로에 멋진 불을 피워두었고,

피아노 소리와 웃음소리가 저녁까지 들렸다. 에밀리아의 말로는, 차와 비스킷을 내가는 건 언제나 실비아였지만 의사 아들은 이레네에게 마음이 있다고 했다. 금발에 너무도 예쁜 이레네는 그와 말을 하지 않기 위해 피아노를 치고, 실비아는 소파에 편안하게 앉아 바보 같은 이야기를 나눈다는 것이다. 그런 다음 문이 열리고 엘비라 부인이 어린 산티나를 들여보내면, 아르투로는 마지못해 일어나서 시큰둥하게 인사를 하는데, 부인은 이렇게 대꾸한다고 했다. "소개받고 싶어하는 질투심 많은 어린 아가씨가 또 있어서요." 곧 마테오 씨는 의사의 아들 아르투로를 못마땅하게 여기게 됐지만, 엘비라 부인은 그를 상냥하게 대했고 그가 이레네와 잘 어울린다는 말을 하기도 했다. 하지만 이레네는 정작 그를 원하지 않았다. 이레네는 그가 교활한 사람이라고 했고, 음악도 듣지 않고 식탁에 가만히 앉아 있지를 못한다고, 산티나와 놀아주는 것도 단지 어머니에게 잘 보이기 위해서라고 말했다. 그러나 그와 반대로 실비아가 얼굴을 붉히며 그를 옹호하자 두 사람은 결국 언성을 높이게 되었고, 어느 순간 이레네는 우월한 태도로 냉담하게 말했다고 한다. "내가 넘겨줄게. 너 왜 안 데려가?"

"그 자식을 집에서 쫓아내라." 마테오 씨는 말했다. "도박이나 하고 땅 한 뙈기도 없는 놈은 남자가 아니야."

겨울이 끝나갈 무렵 그 아르투로는 역의 직원이라는 청년을 데리고 다니기 시작했는데, 키가 크고 호리호리한 그 사람도 이레네에게 매달렸다. 이탈리아어만 쓰긴 했지만,[*] 그는 음악을 이해하는

---

[*] 토스카나 속어에 기반한 표준 이탈리아어를 썼다는 뜻이다. 이 지역은 피에몬테 사투리가 보편적이었다.

사람이었다. 그 키다리 사내는 이레네와 어울려 네 개의 손으로 같이 연주하기 시작했고, 그렇게 둘이 짝을 이루는 것을 보고 아르투로와 실비아는 서로 껴안은 채 춤을 추면서 함께 웃었다. 그러다가 산티나가 오면, 아르투로의 친구는 아이를 안아서 허공에 던졌다가 잡곤 했다.

"토스카나 출신만 아니라면 무지렁이라고 해도 뭐라고 못했을 거야." 마테오 씨는 말했다. "분위기는 있구먼…… 트리폴리에 있을 때 토스카나 친구가 하나 있었지."

나는 그 방의 모습을 알고 있었다. 피아노 위에 빨간 잎으로 만든 꽃다발 두 개가 놓여 있고, 이레네가 수놓은 커튼이 걸려 있고, 사슬에 매달린 투명 대리석 전등이 물에 반사된 달빛같이 빛나는 방. 어떤 저녁에는 넷이 함께 옷을 뒤집어쓰고 눈 내리는 테라스로 나오기도 했다. 두 청년은 시가를 피웠는데, 메마른 어린 포도나무 아래서 그 대화를 들을 수 있었다.

누토도 와서 대화를 엿들었다. 전날 코스틸리올레*에서 몇 명을 기차에서 떨어뜨렸다는 둥, 아퀴에서 마지막 한 푼까지 털어 도박을 했는데 다 잃었으면 집에 영영 못 갔을 텐데 저녁 사먹을 정도는 땄다는 둥, 거침없이 떠벌리는 아르투로의 이야기는 정말 멋졌다. "네가 주먹 날렸던 일 기억나?" 하고 토스카나 청년이 물으면, 아르투로는 그 이야길 늘어놓았다.

아가씨들은 난간에 기대어 한숨을 쉬었다. 토스카나 청년은 이레네 옆에서 자기 집 이야기를 늘어놓고 성당에 가 오르간을 연주

---

* Costigliole. 카넬리 북서쪽에 있는 마을이다.

한 일도 이야기했다. 순간, 시가 꽁초 두 개가 우리 발치께의 눈 위로 던져지더니 이윽고 위에서 속닥이고 동요하는 소리, 더 강한 숨소리가 들렸다. 눈을 들자 마른 포도나무와 하늘의 차가운 별들만 무수히 보였다. "사기꾼들." 누토가 말했다.

나는 한참을 생각하고 에밀리아에게 물어보기도 했지만, 그들이 어떻게 짝을 이루었는지 이해할 수가 없었다. 마테오 씨는 그저 이레네와 의사 아들에 대해서만 불만을 늘어놓고 언젠가는 야단을 칠 거라고만 했다. 엘비라 부인은 마음이 상한 것 같았다. 이레네는 어깨를 으쓱하며 자기는 그 촌뜨기 아르투로를 하인으로도 원하지 않지만 자꾸 만나러 오는 걸 어쩌겠느냐고 했다. 그러면 실비아는 멍청이는 토스카나 청년이라고 반박했다. 엘비라 부인은 또다시 마음이 상했다.

이레네가 토스카나 청년과 연애를 한다는 것은 불가능했는데, 아르투로가 늘 주시하고 있다가 제 친구에게 이래라저래라 했기 때문이다. 아르투로는 두 아가씨 모두에게 수작을 걸고 이레네를 붙잡고 싶어하면서도 실비아와 즐겼던 것이다. 날이 좋아질 때마다 풀밭으로 가는 그들을 따라갔다면 아마 알 수 있었을 것이고, 금세 모든 게 밝혀졌을 것이다.

하지만 얼마 지나지 않아 마테오 씨가 아르투로의 먹살을 움켜잡는 일이 일어났다—우연히 회랑 아래로 지나가던 란초네가 이야기해주었다. "여자는 여자고 남자는 남자야." 마테오 씨는 그렇게 말했다. 그렇지 않은가? 막 꽃을 꺾어든 아르투로는 말채찍으로 자기 장화를 툭 치고 꽃향기를 맡으면서 주인을 흘겨보았다. 마테오 씨는 계속 말했다. "제대로 자란 여자라면 누가 자신에게 어울리는지 아는 법이야. 그 아이들이 원하는 건 네 녀석이 아니라고. 알겠어?"

그러자 아르투로는 뭐라 투덜거리며, 빌어먹을, 자신은 이곳에 친절하게 초대를 받았고, 물론 자신은 남자라고 말했다.

"너는 남자가 아니야. 너저분한 건달이지." 마테오 씨가 말했다.

그렇게 아르투로의 이야기는 끝났고, 그와 더불어 토스카나 청년의 이야기도 끝난 것 같았다. 하지만 계모는 마음이 상할 겨를조차 없었다. 또다른 청년들이, 더 위험한 청년들이 많이 왔기 때문이다. 예를 들면 내가 모라 농장에 혼자 남아 있던 날 왔던 장교 두명이 그랬다. 한 달 동안—반딧불이들이 있었으니 6월이었을 것이다—저녁마다 두 사람이 카넬리에서 오는 모습을 볼 수 있었다. 절대 큰길로는 오지 않았던 것으로 보아 그쪽에 또다른 아가씨가사는 게 분명했다—그들은 작은 다리를 지나 벨보 강을 건너 경작지와 옥수수밭, 풀밭을 가로질러 왔다. 당시 난 열여섯 살이었고 그런 것을 알아갈 나이였다. 치리노는 그들에게 화가 나 있었는데, 그들이 밭의 자주개자리를 밟았을 뿐 아니라, 전쟁 때 그런 장교들이 얼마나 더러운 짓을 했는지 기억하고 있었기 때문이었다. 누토는 말할 것도 없었다. 어느 날 저녁 두 사람은 그 장교들을 골탕 먹였다. 풀밭에서 그들이 지나는 자리를 노려 앞에 철사를 숨겨 묶어둔 것이다. 벌써 아가씨들을 희롱하려는 양, 웅덩이를 건너서 뛰어오던 그들은 꺼꾸러져 얼굴이 깨졌다. 두엄에 처박히게 했다면 더 멋졌을 테지만, 어쨌든 그날 저녁 이후, 그들은 더는 풀밭을 가로지르지 않았다.

날씨가 좋아지자, 특히 실비아는 아무도 잡아둘 수 없었다. 이제 아가씨들은 여름날 저녁마다 대문으로 나가 청년들과 함께 큰 길을 따라갔고, 그들이 라임나무 아래로 지나갈 때면 우리는 몇 마디라도 엿듣겠다고 귀를 기울였다. 넷이 함께 나갔다가 쌍을 이루어 돌아오곤 했다. 실비아는 이레네의 팔짱을 낀 채 나가면서 두 청년과 웃고 농담하고 이야기를 나누었다. 라임나무 향기 속에서 돌아올 때는, 실비아와 그녀의 짝은 함께 걸어오면서 무언가를 속닥이면서 웃었고, 다른 한 쌍은 뒤에 조금 떨어져서 천천히 오다가 이따금씩 큰 소리로 앞의 두 사람을 부르거나 그들 쪽으로 말을 건넸다. 그 밤의 시간들이, 그리고 라임나무의 강렬한 향기 속에서 울타리 난간에 앉아 있던 우리들의 모습이 아직도 어제의 일인 듯 생생하다.

제24장

당시 세 살인가 네 살이었던 어린 산티나는 정말 볼 만했다. 이
레네 같은 금발에 실비아 같은 검은 눈으로 자랐지만, 사과를 먹으
면서 손가락을 깨물질 않나, 화를 내면서 꽃을 꺾거나 어떻게 해서
든 말 위에 올라타려 하지 않나, 우리를 발로 걷어찰 때면 사람들
은 다들 제 엄마를 빼닮았다고 입을 모았다. 마테오 씨와 두 아가
씨는 침착한 편이었고 그렇게 고압적이지 않았으니까. 특히 얌전
한 이레네는 큰 키에 하얀 옷을 입었고, 누구에게도 절대로 짜증을
내지 않았다. 짜증낼 일도 없었던 것이, 에밀리아에게 무엇을 요구
할 때면 늘 "미안하지만" 하고 말했을 뿐 아니라, 우리에게 말할 적
에도 언제나 눈을 맞추었기 때문이다. 실비아도 마찬가지의 말을
했지만, 그녀의 눈길에는 열기와 심술이 배어 있었다. 모라 농장
에서 지낸 마지막 해에 나는 오십 리라를 주고 축제에서 넥타이를
샀다. 하지만 때는 이미 늦었고 더는 아무것도 할 수 없다는 것을

깨달았을 뿐이다.

　어쨌거나 그 무렵에도 감히 이레네를 마음에 품을 수는 없었다. 그건 누토도 마찬가지였는데, 그는 이제 사방으로 클라리넷을 연주하러 다녔고, 카넬리에는 여자 친구까지 있었기 때문이다. 이레네에 대해서는 카넬리의 어느 청년과 외출했다는 둥, 두 사람은 언제나 카넬리에 간다는 둥, 가게에서 옷을 사놓고 입지 않는 옷은 에밀리아에게 준다는 둥 이런저런 얘기가 돌았다. 어쨌든 니도의 저택도 다시 열려 엘비라 부인과 두 딸은 그곳의 만찬에 가게 되었고, 그런 날은 카넬리에서 양재사가 와서 옷을 맞추어주었다. 나는 마차에 그들을 태우고 오르막길의 굽이진 곳까지 몰고 가며 그녀들이 제노바의 저택에 대해 이야기하는 소리를 들었다. 나더러 자정에 다시 데리러 오라고, 니도의 저택 정원 안쪽에 들어가 기다리라고 했다―그곳은 어두우니 초대받은 손님들이 색 바랜 마차 쿠션을 보지 못할 터였다. 흉한 모습을 보이지 않도록 넥타이를 반듯이 매라고 말하기도 했다.

　하지만 자정에 되어 정원에 서 있는 다른 마차들 사이로 갔을 때―밑에서 올려다보니 저택은 엄청나게 컸고, 활짝 열린 창문으로 초대받은 사람들의 그림자가 지나다녔다―아무도 나타나지 않았고, 나는 플라타너스들 사이에서 한참을 기다렸다. 귀뚜라미 소리―거기에도 귀뚜라미들은 있었다―를 듣다가 지쳐, 마차에서 내려 문 쪽으로 갔다. 첫번째 홀에서 하얀 앞치마를 입은 한 아가씨와 마주쳤지만 그녀는 나를 보더니 그냥 가버렸다. 곧이어 그 아가씨가 다시 지나가기에 나는 그녀에게 도착했다고 알렸다. 그녀는 내게 물었다. 무엇을 원하느냐고. 그래서 나는 모라 농장의 마차가 준비됐다고 전했다.

　문 하나가 열리더니 많은 사람들의 웃음소리가 들려왔다. 홀에 있는 문마다 꽃이 그려진 그림들이 걸려 있고, 바닥에는 돌로 된 눈부신 무늬가 있었다. 아가씨들은 되돌아와 다른 사람들이 데려 다줄 테니까, 나는 가도 좋다고 했다.

　바깥으로 나오자 성당보다 아름다웠던 홀을 더 자세히 살펴보 지 못한 게 후회스러웠다. 나는 말을 붙잡고 절그럭거리는 자갈 위를 걸어 플라타너스 아래로 다가가 하늘을 배경으로 나무들을 바라보았고ㅡ밑에서 보니 숲이라기보다는 각각의 플라타너스가 나름대로 가로수를 이룬 모습이었다ㅡ대문에서 담배에 불을 붙인 뒤 대나무와 아카시아나무, 또 이상한 나무들이 뒤섞인 길을 천천히 내려오면서, 이처럼 온갖 종류의 나무들을 기르는 땅에 대한 생각에 잠겼다.

　그 저택에 이레네가 좋아하는 사람이 있는 게 분명했다. 이따금 실비아가 그녀를 "여백작 마담"이라 부르며 놀리는 소리를 들었다. 또 얼마 안 있어 에밀리아가 알아낸 바에 따르면, 그 남자는 늙은 여백작이 저택을 빼앗기지 않도록 일부러 한 푼도 주지 않은 채 볼모로 데리고 있는 많은 손자들 중 하나로, 말하자면 살아 있는 시체나 다를 게 없었다. 그 손자, 가엾은 그 젊은이, 그 작은 백작은 모라 농장에는 절대로 오는 일이 없이, 이따금씩 맨발의 소년, 그러니까 베르타의 아들을 보내서 이레네에게 쪽지를 건네주면서, 산책을 할 생각이니 도로 난간에서 기다리겠다고 전했다. 그러면 이레네는 갔다.

　나는 콩밭에서 물을 주거나 받침대를 묶다가 이레네와 실비아가 목련나무 아래 앉아 나누는 이야기를 엿듣곤 했다.

이레네는 말했다. "뭘 바라겠어? 여백작이 노상 지켜보고 있는데…… 마을 축제에도 절대 갈 수 없는 사람이야. 거기서 하인을 만날 수도 있으니까."

"그러면 어때? 집에서는 매일 만나면서."

"사냥도 못 가게 해. 아버지가 그렇게 비극적으로 죽었으니까……"

"하지만 널 만나러 올 순 있잖아. 그런데 왜 안 오는 거야?" 실비아가 갑자기 물었다.

"그 남자도 널 만나러 여기 안 오잖아. 왜 그러는 거지?…… 조심해, 실비아. 그 사람이 너한테 진실을 말한다고 확신해?"

"진실을 말하는 사람은 없어. 진실을 생각하다보면 미쳐버릴걸. 그런 생각을 하면 너만 골치 아파……"

"그 사람 만나는 건 너잖아." 이레네는 말했다. "그 사람 믿는 것도 너고…… 난 단지 그 사람이 다른 남자처럼 천박하지만 않았으면 좋겠어……"

실비아는 나지막한 소리로 웃었다. 그들이 눈치를 챌 것 같아 콩 뒤에 계속 머물러 있을 수가 없었다. 나는 괭이를 한 번 휘두른 뒤에 귀를 기울였다.

그러자 이레네가 이렇게 말했다. "우리 말 들었나봐."

"놔둬. 농장 아이잖아." 실비아의 대답이었다.

실비아가 운 적도 있었다. 접의자에서 몸을 비틀며 울었다. 치리노가 회랑에서 쇠붙이를 두드리고 있어서, 나는 제대로 들을 수가 없었다. 이레네는 곁에서 손으로 움켜쥔 실비아의 머리칼을 쓰다듬었다. "안 돼, 안 돼." 실비아는 울었다. "떠나고 싶어, 달아나고 싶어…… 못 믿겠어, 믿을 수 없다고……"

치리노의 그 빌어먹을 쇠붙이 탓에 도무지 들리지가 않았다.

"자, 일어나." 이레네가 말했다. "테라스에서 일어나라고. 쉿, 조용히, 목소리 좀 낮춰……"

"상관없어. 아무래도 상관없어……" 실비아는 소리를 질렀다.

실비아가 사귀던 크레발쿠오레*의 젊은이는 칼로소에 땅을 가진 제재소 주인으로 오토바이를 몰았고, 뒷좌석에 실비아를 태운 채 길을 돌아다니곤 했다. 저녁때 굉음과 함께 오토바이가 멈추었다가 다시 출발하는 소리가 들리면, 잠시 뒤 실비아가 검은 머리칼을 눈가에 흩날리며 대문에 나타나곤 했다. 마테오 씨는 아무것도 몰랐다.

에밀리아는 그가 처음은 아니라고 했다. 의사 아들이 벌써 자기 집 아버지 서재에서 실비아를 차지했다는 것이다. 그런 것이야 정확히 알 수는 없는 일이다. 정말 아르투로와 거기서 사랑을 나누었다면 둘은 대체 무엇 때문에 더 멋지고 만나기 좋은 그 여름에 헤어졌을까? 그 대신에 오토바이 남자가 왔고, 이제 모두가 아는 것처럼 실비아는 실성한 듯 갈대숲과 언덕 기슭으로 그를 따랐다. 그들은 카모에서, 산타리베라**에서, 브라보 숲에서 사람들 눈에 띄곤 했다. 때로는 니차의 호텔에 가기도 했다.

하지만 실비아의 모습은 여전히 그대로였다—그 검고 뜨거운 눈빛까지도. 실비아가 결혼을 하고 싶어했는지는 모르겠다. 하지

---

* Crevalcuore. 산토스테파노벨보 근처에 있는 언덕을 가리킨다.
** Santa Libera. 산토스테파노벨보 인근의 작은 마을이다.

만 크레발쿠오레의 마테오라는 남자는 사실 싸움꾼에, 수없이 바람을 피운 전력이 있는 벌목꾼이었지만, 아무도 그를 말리지 못했다. 나는 생각했다. '그래, 실비아가 아들을 낳으면 그 아이는 나 같은 사생아겠네. 나도 그렇게 태어났겠지.'

이레네도 괴로워했다. 분명 그녀는 실비아를 도와주려 애썼고 우리보다 더 많은 것을 알고 있었다. 이레네가 누군가와 오토바이를 타거나 언덕 기슭의 갈대숲으로 가는 것은 상상도 할 수 없는 일이었다. 차라리 산티나가 나중에 크면 저렇게 할 거라고 모두들 입을 모았다. 계모는 아무 말도 하지 않았다. 둘 다 제시간에 들어오길 원했을 뿐이다.

제25장

이레네는 실비아처럼 절망에 빠진 모습을 보인 적은 없지만, 니도의 저택에서 부르지 않은 이틀 동안은, 마당 울타리 난간 뒤에서 신경질적으로 서성이는가 하면, 책이나 자수를 들고 산티나와 함께 포도밭에 앉아 큰길을 멍하게 바라보기도 했다. 그러다가 양산을 들고 카넬리로 가게 될 때가 되면 그제서야 행복한 표정을 지었다. 체사리노, 그 살아 있는 시체와 무슨 이야기를 주고받았는지는 나로서는 알 길이 없다. 언젠가 카넬리를 향해 미친듯이 자전거 페달을 밟던 중 아카시아나무들 사이에서 선 채로 책을 읽는 이레네와, 그 맞은편 경사면에 앉아서 그녀를 바라보고 있는 체사리노의 모습을 보았던 것도 같다.

어느 날 모라 농장에 그 장화 신은 아르투로가 다시 나타나 테라스 밑에 선 채, 테라스에서 큰길을 바라보고 있던 실비아와 이야기를 나누었다. 하지만 실비아는 올라오라고 말하지 않았다. 그저

날이 참 무덥다고, 또 이제는 카넬리에서도 굽 낮은 신발을―그녀
는 한쪽 발을 들어올렸다―살 수 있게 됐다고 말했을 뿐이다.

아르투로는 눈을 찡긋하면서, 지금 누가 춤곡을 연주하는 거냐,
평소처럼 이레네가 연주하는 거냐고 물었다. "직접 물어봐." 이렇
게 대꾸하고 실비아는 멀리 소나무 너머를 바라보았다.

이레네는 이제 피아노를 거의 치지 않았다. 니도의 저택에는 피
아노가 없는 것 같았고, 여백작은 젊은 여자가 건반 위에서 손가락
을 비트는 것을 볼 마음이 없는 모양이었다. 늙은 여백작을 방문
하러 갈 때면 이레네는 녹색 꽃을 수놓은 커다란 모직 가방에 자
수를 넣어서 가지고 갔다가 여백작이 읽으라고 준 니도 저택의 책
몇 권을 넣어 왔다. 가죽으로 장정한 오래된 책들이었다. 이레네는
그 빌린 책들을 대신해 매주 카넬리에서 일부러 패션 잡지를 사서
여백작에게 가져다주었다.

세라피나와 에밀리아는 이레네가 여백작이 되고 싶어 안달이
나 있다고 했고, 언젠가 마테오 씨는 이렇게 말하기도 했다. "얘들
아, 조심해라. 절대 죽지 않는 노인도 있단다."

제노바에 늙은 여백작의 친척들이 몇 명이나 있는지는 알 길이
없었다. 심지어 주교까지 있다는 소문도 돌았다. 그녀가 집 안에
더이상 하인이나 하녀를 두지 않는 것은 손자손녀로 충분하기 때
문이라고도 했다. 만약 그렇다면 이레네는 도무지 무슨 희망을 품
고 있었던 걸까. 설령 일이 잘된다 하더라도 그 체사리노는 모든
이들과 나누어야 할 텐데 나로서는 이해할 수가 없었다. 이레네가
니도의 저택에서 하녀 노릇을 하고 싶은 게 아닌 다음에야 말이다.
한편 우리 농장 주변―마구간과 건초 창고, 밀밭, 포도밭―을 둘

러보면서, 나는 어쩌면 이레네 집이 그들보다 더 부자일지 모른다고, 어쩌면 체사리노가 지참금에 욕심이 나서 그녀에게 관심을 기울이는 것인지 모른다고 생각하기도 했다. 화가 났지만 그렇게 생각하는 편이 훨씬 더 나았다. 이레네 쪽에서 야망 때문에 그런 생활에 관심을 기울인다는 것은 생각조차 할 수 없었으니까.

어쨌든 그녀는 분명 사랑에 빠졌고 그녀가 좋아하고 결혼하고 싶어하는 사람은 바로 체사리노였을 것이다. 나는 그녀에게 말하고 싶었다. 조심하라고, 그 실속 없는 놈, 니도의 저택에서 나가지도 못하고 그녀가 책 읽는 동안 땅바닥에 멀거니 앉아 있는 멍청이 때문에 헛고생하지 말라고. 최소한 실비아는 그렇게 쓸모없는 데 시간을 낭비하지 않았고, 그럴 가치가 있는 사람과 돌아다녔다. 내가 농장 하인이 아니고 열여덟 살이 아니었다면 실비아는 나와 함께 다녔을지 모른다.

이레네도 괴로워했다. 그 작은 백작은 잘못 자란 아가씨보다 고약한 게 틀림없었다. 변덕 부리고 봉사받길 원하고 악의적으로 여백작 이름을 이용하고 이레네가 말하거나 질문하는 것마다 다 아니라고 할 뿐이었다. 그가 누군지, 그의 건강과 취향을 떠올려보고 실수하지 않도록 조심할 필요가 있었다. 이제 실비아가 언덕으로 뛰쳐나가거나 집 안 깊숙이 틀어박히지 않는 경우가 드물어지긴 했지만, 나는 이레네의 한숨을 들어주었다. 에밀리아는 이런 말도 했다. 식탁에서 이레네는 눈을 내리까는데 실비아는 열정에 넘친 듯 아버지 얼굴을 똑바로 쳐다본다고. 단지 엘비라 부인만, 산티나의 턱을 닮고, 카넬리의 더 젊은 아가씨들은 벌써 결혼해 유아세례식을 앞두고 있는데, 의사 아들, 토스카나 청년, 장교, 이런저런 사람들을 잡을 기회를 전부 놓쳐버렸다고, 악의에 찬 암시를 비치며 덤덤하게 이야기를 늘어놓고 있다고. 마테오 씨는 알지도 못한 채 구시렁거린다고.

그러는 동안에도 실비아의 이야기에는 진전이 있었다. 절망에 빠져 있거나 화가 나 있지 않을 때는 마당과 포도밭에 얼굴을 비치곤 했는데, 그녀를 바라보고 그녀 이야기를 듣는 것은 즐거웠다. 마차를 매라고 하고는 카넬리를 향해 직접 남자처럼 혼자 마차를 몰고 가는 날도 있었다. 언젠가 한번은 누토에게 경마가 열리는 부온 콘실리오* 축제에 연주를 하러 가는지 묻고는, 자신도 꼭 카넬리에 가서 말안장을 사고 말 타는 법을 배워서 다른 사람들과 함께 달리고 싶다고 했다. 농장 관리인 란초네가 마차를 끄는 말은 안 좋다고 하면서, 경주에서 달릴 수 없기 때문이라고 설명해야 했다. 실비아가 부온 콘실리오 축제에 가려는 것이 마테오를 만나서 자신도 말을 탈 줄 안다는 걸 보여주기 위해서였다는 것은 나중에 서야 알게 되었다.

우리끼리는 이 아가씨가 결국 남자처럼 옷을 입고 축제에서 달리고 줄타기 곡예를 할 거라고 얘기했다. 바로 그해, 카넬리에 커다란 막사가 나타나더니, 탈곡기보다 더 시끄러운 굉음을 내며 달리는 오토바이 경주가 열렸다. 빨간 머리에 야윈 사십대 여자가 표를 팔았는데 손가락마다 반지들이 가득했고 담배를 피웠다. 우리는 두고 보라고, 크레발쿠오레의 마테오도 실비아에게 싫증이 나면 그런 경주나 관리하게 할 거라고 수군거렸다. 카넬리에서는 이

---

* Madonna del Buon Consiglio. '좋은 충고를 하시는 성모'라는 뜻. 카스틸리오네 티넬라에 같은 이름의 성당이 있다.

런 말도 돌았다. 표를 사면서 특정한 방식으로 카운터에 손을 올리면 빨간 머리의 여자가 바로 시간을 말해주는데, 그러면 그 시간에 커튼이 쳐진 마차 안으로 들어가 그녀와 함께 짚더미 위에서 사랑을 나눌 수 있다고. 하지만 실비아가 그 정도는 아니었다. 아무리 심해 보여도 마테오에 대한 사랑에 미친 것일 뿐, 그녀는 너무나 아름답고 건강했으므로, 당장이라도 그녀와 기꺼이 결혼할 청년들은 차고 넘쳤다.

기가 막힌 일들이 일어났다. 이제 실비아와 마테오는 세라우디네의 포도밭 오두막, 반쯤 무너진 그곳에서 만났다. 오토바이로는 갈 수 없는 언덕 가장자리였지만, 그들은 담요와 베개를 들고 걸어서 올라갔다. 모라 농장에도 크레발쿠오레에도, 마테오는 실비아와는 나타나지 않았다—실비아의 명예를 지켜주려 했던 게 아니라, 자신이 곤란해지는 상황을 막기 위해서였다. 약속을 지킬 마음이 없다는 것은 자기 자신도 알고 있었고, 따라서 그런 식으로 자기 체면을 지킨 것이다.

나는 실비아의 얼굴에서 마테오와 함께한 흔적을 찾아보려고 애썼다. 그해 9월 포도 수확기가 되어 언제나 그랬던 것처럼, 실비아와 이레네가 또다시 청포도밭으로 왔을 때, 나는 포도나무 아래에 웅크리고 앉은 그녀를, 포도송이를 찾는 그녀의 손을, 옆구리의 굴곡과 허리와 눈가에 흩날리는 검은 머리칼을 바라보았고, 오솔길을 내려갈 때는 그녀의 걸음걸이와 폴짝 뛰는 모습을, 머리의 움직임을 살펴보았다. 머리끝에서 발끝까지 그녀를 속속들이 알고 있는 나였지만, '그래, 바뀌었어. 마테오가 지나간 거야' 하고 생각할 만한 것은 전혀 찾아볼 수 없었다. 여전히 똑같은 실비아였다.

그해의 포도 수확이 모라 농장에서 맛본 마지막 즐거움이었다. 만성절*에 이레네가 앓아누워 카넬리에서 의사가 왔고, 마을에서도 의사가 왔다―이레네는 티푸스에 걸려 죽어가고 있었다. 감염을 막고자 산티나와 실비아는 알바의 친척 집에 보내졌다. 실비아는 가지 않겠다고 버텼지만 결국 승복해야 했다. 이제 계단을 오르내리는 것은 계모와 에밀리아의 몫이었다. 위층 이레네 방에는 항상 난롯불이 지펴졌고 침대보는 하루 두 번씩 교체됐다. 이레네는 헛소리를 하고 주사를 맞았으며 머리카락이 빠졌다. 우리는 약을 사느라 카넬리를 오가곤 했다. 마침내 어느 날 수녀가 마당으로 들어섰을 때 치리노가 말했다. "아무래도 크리스마스를 못 넘길 것 같아요." 그리고 다음날에 신부님이 오셨다.

---

* 그리스도교의 모든 성인을 기념하는 축일로 11월 1일을 말한다.

제26장

그 모든 것에서, 모라 농장에서, 우리의 삶에서 지금 무엇이 남아 있는가? 여러 해 동안 저녁 바람결에 실려 오던 라임나무 향기만으로도 나는 다른 사람이 된 것 같았고, 그와 동시에 진정한 나자신을 느꼈는데, 왜 그런지 그 이유조차 알 수 없었다. 내가 언제나 생각하는 것은, 그 계곡에, 또 세상에 수많은 사람들이 살고 있으며, 그때 우리에게 일어났던 일들이 바로 지금도 계속 일어나지만, 사람들은 그것을 모르고 또 생각하지도 않는다는 사실이다. 집이 있고, 아가씨들과 노인들과 아이들이 있고, 누토, 카넬리, 역이있고, 길을 떠나 행운을 잡고 싶어하는 나 같은 사람이 있고―또여름에는 밀을 탈곡하거나 포도를 수확하고 겨울에는 테라스 딸린 집에서 사냥을 다니는 사람들이 있고―우리가 겪었던 모든 일을 겪는 사람들이 있다. 필연적으로 그럴 수밖에 없다. 소년들과여자들과 세상은 달라진 게 없다. 더이상 양산을 들고 다니지 않고, 일요일에는 축제 대신 영화관에 가고, 밀을 엄청나게 쌓아놓고, 아가씨들은 담배를 피우지만—그래도 삶은 똑같고, 그러다가 어느 날 주위를 둘러보면, 그들에게도 모든 것이 지나간 것이 되리라는 사실을 모른다. 배에서 내려 전쟁으로 파괴된 제노바의 집들 한가운데서 내가 처음으로 되뇌었던 말은, 모든 집과 모든 마당, 모든 테라스는 누군가에게 의미를 지닌다는 것이었고, 물질적 피해나 세상을 떠난 사람들보다는 그렇게 하룻밤 사이에 흔적 없이 사라져버린 것들이, 살아온 수많은 세월과 수많은 기억을 떠올려주는 것들이 더 가슴이 아프다는 것이었다. 아마도 그렇지 않겠는가? 어쩌면 그게 더 나을지 모르지. 모든 것이 마른 풀로 피운 불 속에서 사라지고, 그래서 다시 시작하는 편이 나을지 모르지. 어떤 것에, 어떤 일이나 어떤 장소에 싫증이 날 때, 미국에서는 그렇게 했고, 그렇게 바뀌었다. 그곳에서는 심지어 술집과 면사무소와 가게들과 함께 마을 전체가 무덤처럼 텅 비기도 했다.

누토는 모라 농장에 대해 말을 아끼면서도 누구 더 만난 사람은 없었는지 몇 번씩이나 물었다. 그는 자신의 주변 젊은이들에 대해, 볼링을 하고 축구를 하고 술집에 다니던 친구들, 함께 춤을 추던 아가씨들에 대해 생각했다. 그들 모두가 어디에 사는지, 어떤 일을 하는지, 그는 알고 있었다. 우리가 살토에 있는 집에서 머물 때 어떤 사람이 큰길로 지나가면 누토는 고양이 같은 눈으로 그 사람을 향해 묻고는 했다. "이봐, 이 친구 알아보겠어?" 그러고는 상대의 표정과 놀라는 모습을 즐기며 우리 둘에게 마실 것을 따라주었다. 우리는 다같이 이야기를 나누었다. 어떤 사람은 내게 존칭을 쓰기도 했다. 그러면 나는 중단시켰다. "나 '안귈라'라니까. 왜 이래. 너희 형, 너희 아버지는 어떻게 지내? 그리고 할머니는 어떻게 됐어? 그 암캐는, 죽었어?"

별로 바뀐 것이 없었다. 바뀐 것은 나였다. 사람들은 내가 했던 일들, 했던 말과 농담들, 주먹다짐, 내가 잊어버린 이야기들을 기억하고 있었다. "참, 비안케타 있지?" 한 친구가 내게 물었다. "비안케타 기억해?" "그럼, 기억하지." "로비니와 결혼했어. 잘 살고 있지." 그들은 내게 그렇게 말했다.

거의 매일 저녁 누토는 안젤로 여관으로 나를 데리러 왔고, 의사와 면서기와 경찰서장과 측량사를 무리에서 끄집어내서, 나와 이야기를 나누도록 만들었다. 우리는 두 수도사처럼 마을 가로수 아래를 거닐며 귀뚜라미 소리와 벨보 강의 경쾌한 물소리를 들었다—예전에는 이맘때 마을에 온 적이 없었고, 우리는 각자의 일을 해야 했다.

검은 언덕과 달빛 아래에서 누토는 어느 날 밤, 미국으로 가기 위해 배를 탔을 때는 어땠느냐고 물었고, 만약 다시 스무 살로 돌아간다면, 다시 기회가 온다면 지금도 그렇게 하겠느냐고 물었다. 나는 미국에 가고 싶다는 생각보다 내가 아무것도 아니라는 사실에 대한 분노가 더 컸고, 떠나고 싶다는 욕망보다 모든 사람이 내가 굶어죽었을지도 모른다고 생각할 만한 그런 날에 되돌아오고 싶다는 욕망이 더 컸다. 마을에 남았다면 나는 한갓 하인에, 늙은 치리노에 불과했을 것이다. (치리노도 얼마 전에 죽었다. 건초 더미에서 떨어져 등이 부러지는 바람에 일 년 넘게 죽도록 앓다가 죽었다.) 그렇다면 시도할 가치는 충분했고, 그래서 나는 일단 보르미다를 지난 다음, 바다까지 건너가 보자는 욕망을 따랐다.

"하지만 배를 타는 게 쉬운 일은 아니잖아." 누토는 말했다. "넌 용기가 있었어."

그것은 용기가 아니었다고, 달아난 것뿐이라고 대답했다. 그에게 한 가지 이야기를 해줄 필요가 있었다.

"우리가 공방에서 너희 아버지와 나누었던 이야기 생각나? 당시 이미 그분께서 그러셨어. 힘은 사람들이 모르는 것을 이용하는 자들의 손에, 정부와 신부들, 자본가들 손에 있어서, 무지한 자들은 언제나 무지한 채로 남을 거라고…… 여기 모라 농장에서는 전혀 몰랐지만 군대 생활을 하고 제노바의 골목길과 부두를 돌아다니면서 나는 주인들, 자본가들, 군인들이 무언지 이해할 수 있었어…… 그때는 파시스트들이 있어서 그런 이야기를 할 수가 없었지…… 하지만 다른 사람들도 있었어……"

별 쓸모도 없는 이야기로 끌어들이고 싶지 않았기에, 그때껏 누토에게 그와 관련된 어떤 말도 하지 않았었다. 이십 년 세월이 흐르고 수많은 일이 일어난 지금은 무엇을 믿어야 할지 나도 알 수 없다. 하지만 그해 겨울, 제노바에 있던 나는 확신이 있었고, 빌라의 온실에서 구이도, 레모, 체레티 그리고 다른 모든 사람과 논쟁하며 많은 밤을 보냈다. 나중에는 겁을 먹어서 더는 말을 듣지 않으려 하는 테레사에게 영원히 하녀 일이나 하며 착취당하라고, 그래도 싸다고, 우리는 단호하게 저항하고 싶다고 쏘아붙이기도 했다. 그런 식으로 우리는 병영에서, 술집에서, 또 제대 후 찾아간 일자리인 조선소에서, 야간 기술학교에서 활동을 이어갔다. 테레사는 이제 인내심 있게 내 이야기에 귀를 기울였고, 공부를 시작한 내게 잘 생각했다고 말해주었고, 부엌에서 먹을 것을 주었다. 더는 다른 이야기는 하지 않았다. 그러다 어느 날 밤 체레티가 내게 와서 구이도와 레모가 체포되었고 다른 사람들도 수색당하고 있다고 알려주었다. 그러자 테레사는 날 비난하지도 않고—자기 형부인지 옛 주인인지 알 수 없지만—누군가와 이야기하더니 이틀 뒤 미국으로 떠나는 배에 일자리 하나를 찾아주었다. 그렇게 된 거라고, 나는 누토에게 말했다.

"거 봐." 누토는 말했다. "어릴 때나, 아니, 나이 들어서도, 우리 아버지처럼 가난하고 소박한 사람에게 가끔 들은 말 한 마디로도 눈을 뜰 수 있지…… 그냥 돈을 벌겠다고 생각한 게 아니라니 기쁘네…… 그런데 그 친구들은 어떻게 됐어?"

그렇게 우리는 마을 밖의 큰길로 걸어가며 서로의 운명에 대해 이야기를 나누었다. 나는 달을 바라보았고, 멀리서 마차의 브레이크가 끼끽거리는 소리를 들었다—얼마 전부터 미국의 도로에서는 더이상 들리지 않는 소음이었다. 또한 나는 제노바와 사무실을 생각했고, 만약 그날 아침에 레모의 조선소에서 그들이 나를 찾아냈다면 내 인생은 어떻게 달라졌을지 생각했다. 며칠 안으로 나는 코르시카 거리*로 돌아가게 될 것이다. 이번 여름은 다 끝났다.

저기 먼지 속에서, 누가 큰길을 달려오는, 꼭 개가 내달리는 것 같은 모습이 보였다. 한 소년이 절룩이며 우리에게 달려오고 있었다. 친토임을 식별했을 때, 그는 벌써 우리 앞에 당도해 나의 다리께로 몸을 던지며 개처럼 웅얼거렸다.

"무슨 일이야?"

---

* Via Corsica. 제노바의 부두와 가까운 거리.

처음에는 믿기지가 않았다. 아버지가 집에 불을 질렀다는 것이다. "너희 아버지가? 뭘 어쨌다고?" 누토가 물었다.

"집에 불을 질렀어요." 친토가 되풀이해 말했다. "날 죽이려 했어요…… 목을 맸어요…… 불을 질렀어요……"

"등잔을 엎었다는 거야." 내가 말했다.

"아니, 아니요." 친토는 외쳤다. "로시나 이모와 할머니를 죽였어요. 나까지 죽이려 했는데, 도망쳐 숨었어요…… 그러니까 짚더미에 불을 붙이곤 다시 날 찾는데, 나는, 내가 칼을 가지고 있었거든요. 그러다가 포도밭에서 목을 맸어요……"

숨을 헐떡이며 웅얼거리는 친토는 시커멓게 그을리고 할퀴여 있었다. 아이는 내 발치 아래 흙먼지 속에 주저앉더니 내 한쪽 다리를 움켜잡고 반복해서 말했다. "아빠가 포도밭에서 목을 매달았어요. 집에 불을 질렀어요…… 황소도 불탔고요. 토끼들은 다 달아났어요. 하지만 나는 칼을 가지고 있어서…… 모두 불탔어요. 피올라 녀석도 봤어요……"

제27장

누토는 친토의 어깨를 붙잡고 염소한테 하듯이 일으켜 세웠다.

"로시나 이모와 할머니를 죽였다고?"

친토는 몸을 떨 뿐, 아무런 대답도 하지 못했다.

"두 사람을 죽였어?" 누토는 친토를 흔들었다.

"그냥 놔둬." 내가 누토에게 말했다. "이 아이도 반쯤 죽은 상태 야. 우리가 한번 가볼까?"

그러자 친토가 내 다리 쪽으로 몸을 던졌고 더이상 아무 말도 들으려 하지 않았다.

"안심해. 여긴 누굴 찾으러 온 거지?" 내가 물었다.

친토는 나를 찾아온 거였다. 그 아이는 포도밭으로는 다시 돌아 가고 싶지 않다고 말했다. 자기가 달려가서 모로네의 가족, 그리고 피올라의 가족을 불러서 깨웠다고, 그래서 사람들이 다들 이미 언 덕으로 달려갔다고 말했다. 그 아이는 사람들에게 불을 꺼달라고 소리를 치면서도, 포도밭으로는 가려고 하지 않았다. 주머니칼을 잃어버렸던 것이다.

"우리는 포도밭에 안 갈 거야." 내가 말했다. "우리는 길에 있을 거고, 누토가 위로 올라가서 볼 거야. 무서워할 것 없어. 사람들이 집에서 나와서 달려갔다면 지금쯤 불은 다 꺼졌을 거야……"

우리는 친토의 손을 붙잡고 걸었다. 가미넬라 언덕은 구릉에 가려 있어서 큰길에서는 보이지 않았다. 하지만 길에서 나와 벨보 강 위로 절벽을 이루는 경사면 모퉁이를 돌아가면, 그제야 나무들 사이로 불이 난 것이 보일 터였다. 그런데 이내 아무것도 보이지 않게 되었다. 달빛 속 뿌연 안개만 자욱해져 있었다.

누토는 아무 말도 하지 않고 비틀거리는 친토의 팔을 꽉 잡아끌었다. 우리는 뛰다시피 앞으로 나아갔다. 갈대밭 아래에 이르러서야 무슨 일이 일어났다는 걸 알 수 있었다. 위쪽에서는 사람들의 목소리와 나무를 쓰러뜨리는 듯한 거친 타격음들이 들리고, 밤의 서늘함 속에서 역겨운 연기가 길가로 내려왔다.

친토는 저항하지 않고 우리와 함께 걸음을 재촉하여 올라가면서 나를 붙잡은 손을 더 세게 움켜주었다. 위쪽 무화과나무 옆에서 사람들이 오가며 대화하는 모습이 보였다. 오솔길에서 이미, 건초 창고와 마구간이 있던 공터, 구멍 뚫린 오두막 벽이 시야에 들어왔다. 벽 아래쪽에 빨간 잔불들이 시커먼 연기를 내뿜으면서 사위어가고 있었다. 양털과 살, 거름이 타는 악취에 목이 막혔다. 내 다리 사이로 토끼 한 마리가 후다닥 달아났다.

마당 높이께에 이르자 누토는 걸음을 멈추고 얼굴을 돌려 주먹으로 관자놀이에 눌렀다. 그러고는 중얼거렸다. "아휴, 이 냄새."

불은 이제 꺼졌다. 모든 이웃 사람들이 달려와서 도왔다. 사람들 이야기에 따르면, 한순간 불이 기슭까지 환하게 비추었고, 벨보 강에도 반사된 불빛이 보였다고 했다. 그 안에 있는 무엇 하나도 구하지 못했다. 거름조차.

누군가 경찰서장을 부르러 달려갔다. 마실 것을 가져오라고 한 여자를 모로네 집으로 보내기도 했다. 친토에게는 포도주를 약간 마시게 했다. 친토는 개가 어디 있는지, 개도 불에 탔는지를 물었다. 다들 각자의 생각을 떠들어댔다. 친토를 풀밭에 앉히자, 그는 헉헉거리며 단숨에 이야기를 늘어놓았다.

친토는 벨보 강에 내려가 있어서 잘 몰랐다. 그런데 개 짖는 소리, 그리고 아버지가 황소를 매는 소리가 들렸다. 주인 빌라의 부인이 아들과 함께 완두콩과 감자를 나누러 왔다. 부인은 감자 두 이랑을 이미 캤으니, 대가를 받아야겠다고 했다. 로시나가 소리를 지르고 발리노는 욕을 하는데, 부인은 집으로 들어가 할머니한테까지 그 이야기를 했고 그동안 아들은 바구니들을 감시했다. 이어 그들은 감자와 완두콩의 무게를 달고 서로 험악하게 바라보며 합의했다. 발리노는 곡물을 마차에 싣고 마을로 갔다.

하지만 저녁에 돌아온 발리노의 낯빛은 어두웠다. 로시나와 할머니에게 초록색 완두콩을 미리 따두지 않았다고 소리를 지르기 시작했다. 자신들이 먹어야 할 완두콩을 이제 부인이 먹는다고 악을 썼다. 노파는 매트리스에 앉아 울었다.

친토는 도망칠 준비를 하고 문가에 있었다고 했다. 그때 발리노가 혁대를 풀어 들더니 로시나를 때리기 시작했다. 마치 곡물을 타작하는 것 같았다. 로시나는 탁자를 잡고 소리를 지르면서 손으로 목덜미를 감쌌다. 그러고는 더 크게 소리를 질렀고 병이 하나 떨어졌다. 머리칼을 쥐어뜯던 로시나는 노파에게 몸을 던져 두 팔에 안겼다. 그러자 발리노는 발로 차기 시작했다 ― 발로 차는 소리가 들렸다. 가슴을 차고 발로 짓밟았다. 로시나는 바닥으로 쓰러졌고 그런데도 발리노는 얼굴과 배를 발로 찼다.

로시나가 죽었다고 친토는 말했다. 죽어서 입으로 피가 흘렀다고. "일어나, 미친년." 발리노는 말했다. 하지만 로시나는 죽었고, 노파도 이제는 말이 없었다.

그러자 발리노는 친토를 찾았는데 ― 친토는 달아났다. 포도밭에서는 아무런 소리도 들리지 않았고, 개는 목줄을 당기며 위로 아래로 내달리려 할 뿐이었고, 친토는 달아났다.

잠시 후 발리노는 친토를 부르기 시작했다. 친토가 느끼기에는 자기를 때리려는 것이 아니라 그냥 부르는 듯한 목소리였다. 그래서 칼을 편 뒤에 마당으로 들어섰다. 아버지는 어두운 표정으로 문가에 기다리고 있었다. 친토가 쥐고 있는 칼을 보고는 "나쁜 놈!" 하더니 그를 붙잡으려고 했다. 친토는 다시 달아났다.

아버지가 사방을 발로 차고 욕을 퍼붓고, 신부를 욕하는 소리가 들려왔다. 그러고서 불을 보았다.

아버지는 유리 없는 등불을 들고 밖으로 나왔다. 그는 뛰어서 집 주위를 돌았다. 건초창고, 짚더미에 불을 지르고 등불을 유리창에 던졌다. 두들겨 패던 방이 불길에 휩싸였다. 여자들은 나오지 못했다. 친토는 울부짖는 소리를 들은 것 같았다고 했다.

이제 오두막 전체가 불탔고, 친토는 풀밭으로 내려갈 수 없었다. 아버지가 대낮처럼 환하게 그를 볼 수 있었기 때문이다. 개는 미친듯이 짖어대며 목줄을 잡아당겼다. 토끼들은 달아났다. 황소들도 축사에서 불에 탔다.

발리노는 손에 밧줄을 들고 친토를 찾아서 포도밭으로 뛰어 내려갔다. 친토는 여전히 칼을 움켜쥔 채 기슭으로 달아났다. 거기에 숨어서 위쪽 나뭇잎에 반사되는 불빛을 보았다.

거기에서도 마치 용광로처럼 불타는 소음이 들렸다. 개는 계속 울부짖었다. 기슭도 대낮처럼 환했다. 더이상 개나 다른 소리가 들리지 않았을 때가 되어서야, 마치 잠에서 깬 듯, 친토는 자신이 기슭에서 무얼 했는지 아무것도 기억할 수가 없었다. 천천히 호두나무를 향해 올라갔다. 여전히 펼친 칼을 움켜쥔 채, 반사되는 불빛과 소음에 주의를 기울이며 걸었다. 그리고 반사된 불빛 속에서, 호두나무 아래에서 아버지 발이 대롱거리는 것을 보았고, 땅바닥에 놓인 사다리를 보았다.

그 모든 것을 경찰서장에게 반복해서 이야기해야 했다. 죽어서 누워 있는 아버지를 알아볼 수 있는지, 그들이 친토에게 포대를 열어 보여주었다. 낫, 손수레, 사다리, 황소의 재갈, 체 등등, 풀밭에서 찾은 것들은 무더기로 쌓아두었다. 친토는 사람들 모두에게 물어보며 자기 주머니칼을 찾으러 다녔고, 연기와 살의 악취에 기침을 했다. 사람들은 주머니칼을 다시 찾을 수 있을 거라고 이야기해주었다. 잿불이 다 꺼지고 나면 괭이와 곡괭이의 쇠붙이도 다시 찾을 수 있을 거라고. 우리는 친토를 모로네 집으로 데려갔다. 새벽이 거의 다 됐을 무렵이었다. 다른 사람들은 잿더미 속에서 여자들의 유해를 찾아야 했다.

모로네의 집 마당에서는 아무도 잠을 자지 않았다. 부엌문이 열리고, 불이 켜지고, 여자들이 우리에게 마실 것을 가져왔다. 남자들은 앉아서 아침을 먹었다. 한기가 느껴질 정도로 쌀쌀한 날씨였다. 나는 이러저러하게 다투는 말들에 진절머리가 났다. 모두들 똑같은 얘기를 했으니까. 나는 누토와 함께 마지막 별들 아래에서 마당을 거닐었다. 저 아래 보랏빛에 가까운 시원한 대기 속에서 강바닥의 포플러나무 숲이, 반짝이는 강물이 보였다. 새벽이 그렇다는 것을 나는 잊고 있었다.

누토는 땅바닥을 보며 몸을 웅크린 채 서성였다. 우리가 친토를 챙겨야 한다고, 과거의 우리보다 친토가 더 보살핌을 받을 가치가 있을 거라고, 나는 지체 없이 누토에게 말했다. 누토는 부은 눈으로 날 바라보았다. 선잠에 빠진 듯한 눈으로.

이튿날 더 흉측한 일이 일어났다. 빌라의 부인이 자기 재산 때문에 격노했다는 말이 마을에서 들려왔다. 친토가 가족 중 유일하게 살아남았으니 그 아이가 전부 다 보상하고 돈을 내야 한다고, 친토를 감옥에 가두어야 한다고 했다는 것이다. 그녀가 공증인과 상의하러 가서 한 시간 동안 이야기를 나누었다는 것도 알려졌다. 그런 다음 그녀는 신부에게 달려갔다.

신부는 한술 더 떴다. 발리노는 대죄로 인해 죽었다고 했고, 따라서 성당에서 그에게 축복을 내리고 싶지 않다고 했다. 성당 안에서 신부가 자루에 담긴 그 여인들의 유골 서너 개에 대고 웅얼웅얼 몇 마디 기도를 하는 동안, 발리노의 관은 성당 바깥 계단에 놓여 있었다. 그 모든 일이 저녁 무렵에 은밀히 이루어졌다. 모로네 집의 나이든 여자들은 머리에 베일을 쓰고 죽은 자들과 함께 묘지로 가면서, 길가에 나 있는 데이지 꽃과 토끼풀을 뜯어서 모았다.

신부는 오지 않았는데—생각해보면—로시나 역시 대죄 속에서 살았기 때문이었다. 아무튼 그것이 그냥 늙은 수다쟁이 재봉사가 혼자서 내뱉은 말이었다.

제28장

　이레네는 그해 겨울 티푸스로 죽은 게 아니었다. 이레네가 위험에 처해 있는 동안, 나는 마구간이나 쟁기 뒤에서 비를 맞으며, 그녀를 위해서라도 이제부터는 욕도 안 하고 좋은 생각만 하겠다고 마음먹었다―세라피나가 그렇게 하라고 했다. 하지만 우리가 도움이 됐는지는 알 수 없다. 신부가 축복을 내리러 왔던 날 죽었더라면 차라리 나았을지 모르겠다. 그도 그럴 것이 마침내 1월 이레네가 외출하게 되어 비쩍 야윈 그녀를 마차에 태워서 카넬리로 미사를 드리러 데려갔을 때, 그 체사리노는 그녀의 소식을 묻지도, 사람을 보내어 물어보지도 않고, 그 얼마 전에 제노바로 떠난 뒤였다. 그 이후로 니도의 저택은 닫혔다.

　실비아 역시 집으로 돌아와서 큰 상심에 젖어 있었지만, 사람들이 하는 말과 달리, 그녀의 고통은 대단한 것이 아니었다. 실비아는 이미 남자들의 냉혹함에 익숙해져 있었고 그것을 어떻게 받아들이고 수습해야 하는지도 알고 있었다.

실비아의 마테오는 이제 다른 여자에게 빠져 있었다. 실비아가 1월에 알바에서 곧바로 돌아오지 않았기에, 심지어 모라 농장의 우리끼리도 그녀가 오지 않은 건 무언가 이유가 있어서일 거라고 했다―즉 임신했기 때문일 거라고 수군거리기 시작했다. 알바의 시장에 갔던 사람들은 크레발쿠오레의 마테오가 소총 소리가 나는 오토바이를 타고 광장이나 카페 앞을 지나가는 것을 보았다고 했다. 하지만 두 사람이 다정하게 껴안고 있는 모습은 볼 수 없었고, 단순히 만나는 모습조차 보이지 않는다는 것이었다. 말하자면 실비아는 밖으로 나갈 수 없는 상태, 그러니까 임신했다는 이야기였다. 아무튼 날씨가 풀리고 실비아가 돌아왔을 때, 마테오가 이미 다른 여자와 즐기고 있었던 건 사실이다. 그녀는 산토스테파노 벨보 카페 주인의 딸이었고, 그는 카페에서 밤을 보냈다. 실비아는 산티나의 손을 잡고 큰길로 돌아왔다. 아무도 역으로 마중 나가지 않았다. 그들은 정원에서 걸음을 멈추고, 봉오리를 연 첫 장미를 만져보았다. 걸어오느라 빨개진 얼굴로 두 사람은 마치 엄마와 딸처럼 이야기를 나누었다.

이제 이레네는 창백하고 연약한 모습으로 언제나 땅만 바라보았다. 포도 수확 후에 풀밭에서 피어나는 사프란 꽃이나 돌 틈에서 자라는 잡풀 같았다. 빨간색 손수건으로 머리칼을 감싸고 목과 귀를 드러냈다. 더이상 예전과 같은 머리카락을 갖지 못할 거라고 에밀리아는 말했다. 이제 금발의 머리칼은 이레네보다 더 아름다운 머릿결을 가진 산티나의 것이 될 터였다. 그리고 산티나는 울타리 난간 뒤에서 모습을 드러낼 때부터, 마당이나 오솔길에 있던 우리에게 다가와서 여자들과 잡담을 나눌 때부터 이미 자신의 가치를 알고 있었다. 나는, 그 아이에게 알바에 있을 때는 무엇을 했느냐고, 실비아는 무엇을 했느냐고 물어보았다. 산티나는 스스럼없이 대답했다. 성당 맞은편, 카펫이 깔린 아름다운 집에서 지내곤 했는데, 어떤 날에는 아가씨들과 남녀 아이들이 와서 함께 놀면서 맛있는 과자를 먹었고, 어떤 날 저녁에는 아주머니와 니콜레토와 함께 옷을 잘 차려입고 극장에 갔다고 했다. 여자아이들은 수녀들이 운영하는 학교에 다니며, 자기도 내년에는 그 학교에 들어갈 거라고 했다. 실비아의 일에 대해서는 별로 알아내지 못했지만, 분명히 장교들과 실컷 춤을 추었을 거라는 생각이 들었다. 실비아는 아픈 적도 거의 없었으니까.

모라 농장에 예전의 친구들과 청년들이 다시 찾아오기 시작했다. 그해에 누토는 군대에 갔고, 어른이 된 내게 농장 관리인은 더는 혁대를 휘두르지도 않았고 사생아라고도 하지 않았다. 나는 주변의 많은 농가 사람들과 알고 지내면서 저녁마다 여러 곳을 오갔고, 비안케타와도 자주 이야기를 나누었다. 많은 것을 깨닫기 시작했다―라임나무와 아카시아 향기는 내게도 의미를 지니게 되었고, 이제는 여자가 무엇인지 알게 되었고, 왜 춤곡을 들으면 개처럼 들판을 쏘다니고 싶은 욕망이 생기는지도 알게 되었다. 창문은 카넬리 너머 언덕들을 향해, 폭풍우와 맑은 날이 있고 아침 해가 솟아오르는, 항상 연기를 뿜으며 가는 제노바행 기차가 지나는 저 고장들을 향해 언제나 열려 있었다. 두 해 뒤에 나 역시 누토처럼 그 기차를 타리라는 것을 이미 알고 있었다. 축제에서 함께 군대에 들어갈 친구들과 무리를 이루기 시작하여―함께 마시고 노래하며 우리는 우리 자신에 대해 이야기를 나누었다.

실비아는 또다시 미친 것 같았다. 아르투로와 토스카나 친구가 다시 모라 농장에 나타났지만 실비아는 그들을 쳐다보지도 않았다. 그녀는 콘트라토* 회사에서 일하는 카넬리의 회계사와 어울렸는데, 두 사람은 결혼을 하려는 것 같았고, 마테오 씨도 동의하는 듯했다―자전거를 타고 모라 농장에 오는 이 회계사는 산마르차노 출신의 금발 청년으로 늘 산티나에게 토로네 과자를 사다주었다. 그런데 어느 날 저녁 실비아가 사라졌고, 그 다음날이 되어서야 꽃을 한아름 안고 돌아왔다. 사실 카넬리에는 회계사만 있는 것이 아니었다. 프랑스어와 영어를 알고 밀라노에서 온 멋진 남자도 있었는데, 그 주인공은―땅을 산다는 소문이 돌았던―키가 큰 백발의 신사였다. 실비아는 그가 아는 사람들의 빌라에서 그와 만났고 함께 소풍을 가기도 했다. 그날은 그 사람과 함께 저녁을 먹었고, 그 다음날 아침이 되어서야 나오는 길이었다. 이 사실을 알게 된 회계사는 누구라도 때려죽일 기세였지만, 룰리라는 그 사람이 화가 난 상태의 회계사를 만나서 마치 어린아이 다루듯 이야기를 하자, 일은 그것으로 끝이었다.

그 사람은 쉰 살 정도로 보였고 자식들까지 있었다. 멀리서 봤지만 내가 보기에 그는 크레발쿠오레의 마테오보다 더 나쁜 사람이었다. 마테오나 아르투로나 다른 모든 청년은 내가 아는 사람들이었고, 그 근방에서 자란 젊은이들로, 썩 괜찮지는 않아도 우리처럼 마시고 웃고 이야기하는 우리 고장 사람들이었다. 그런데 그 밀

---

* Contratto. 카넬리에 있는 포도주 회사.

라노 사람, 그 룰리는 카넬리에서 무엇을 하며 먹고사는지 아무도 몰랐다. 하얀 십자가단*에 식사를 제공했고 면장이나 지역 파시스트들과 잘 어울렸으며 공장들을 방문했다. 실비아에게 밀라노로 데려가겠다고, 어딘지 모르겠지만 모라 농장과 언덕에서 멀리 떨어진 곳으로 데려가겠다고 약속한 것이 분명했다. 실비아는 정신을 못 차리고 체육관 카페에서 그를 기다리는가 하면, 면서기의 차를 타고 빌라와 성을 돌아다니다 아쿼까지 가기도 했다. 룰리가 실비아에게 갖는 의미는, 그녀와 이레네가 내게 갖는 의미, 그리고 제노바나 미국이 내게 갖는 의미와 같았던 것이다. 당시 나는 그런 것을 충분히 이해했고, 둘이 무슨 이야기를 나누는지, 밀라노와 극장과 큰 부자와 경마에 대해 룰리가 어떻게 이야기하는지, 그리고 실비아는 어떻게 대담하고 열망에 찬 눈을 하고, 모든 것을 이해하는 척 듣고 있는지 충분히 상상할 수 있었다. 룰리는 언제나 재봉사의 모델처럼 옷을 입었고 입에는 파이프를 물고 있었으며 금니에 금반지를 끼고 있었다. 언젠가 실비아가 이레네에게 얘기하기로는—에밀리아가 들은 바로는—그 사람은 영국에 가본 적이 있고 다시 갈 작정이라고 했다고 한다.

하지만 어느 날 마테오 씨가 아내와 딸들에게 분노를 쏟아냈다. 부루퉁하게 한껏 입을 내밀고 있거나 밤늦게 돌아오는 꼴을 보는 것도 이제는 지쳤다고 소리쳤다. 주변을 맴도는 똥파리들에게 지쳤다고, 다음날 아침 누구를 만나게 될지 오늘 저녁에는 전혀 알 수 없는 것에 지쳤고, 자신을 조롱하는 사람들을 만나는 것도 지쳤

---

* Croce Bianca. 이탈리아 여러 지역에 형성된 일종의 구급 봉사단.

다고 소리쳤다. 계모를 비난했고, 게을러빠진 사내놈들, 화냥기 있는 여자들이라며, 모두를 싸잡아 비난했다. 최소한 자신의 산티나는 자신이 직접 키우겠다고, 나머지는 누구든 데려가는 사람과 맘대로 결혼해도 좋지만, 다만 눈앞에 보이지 않게 알바로 가버리라고 했다. 가엾은 남자, 이제 늙어버린 그는 자신도 타인도 더이상 통제할 수 없었다. 란초네도 그것을 깨닫고 그를 이해했다. 우리 모두가 알고 있었다. 그렇게 분노를 쏟아낸 결과, 이레네는 빨갛게 물든 눈으로 침대로 가버렸고, 엘비라 부인은 산티나를 품에 꼭 안음으로써 그 이야기를 듣지 못하게 했다. 그리고 실비아는 어깨를 움찔하더니 밤새도록 집을 나가버렸고 또 이튿날까지도 밖에 나가서 돌아오지 않았다.

그러고서 룰리와의 일도 끝장이 났다. 그 남자가 엄청난 빚을 남기고 도망쳤다는 사실이 알려졌다. 하지만 이번에는 실비아도 고양이처럼 난리를 쳤다. 카넬리의 파시스트 본부에 가보고, 면서기에게 가보고, 둘이 함께 즐기고 잠을 잤던 빌라에 가보고, 그러다 마침내 그가 제노바에 있음을 알게 되었다. 곧 실비아는 약간의 돈과 금붙이를 챙겨 제노바행 기차를 탔다.

한 달 뒤에, 실비아의 소재를 파악한 경찰의 연락을 받은 마테오 씨가 딸을 데리러 제노바로 갔다. 실비아가 성년이라 경찰들은 강제로 귀가시킬 수가 없었다. 굶주린 실비아는 브리뇰레* 역 벤치에 있었다. 룰리를 찾지 못했을 뿐더러 그 누구도 찾지 못했고, 그래서 기차에 몸을 던지려 했다고. 마테오 씨는 딸을 진정시키며 이

---

* Brignole. 제노바에서 두번째로 큰 역으로 시내 가까이 있다.

레네의 티푸스처럼 그것도 병이라고, 불행이라고 하고, 모라 농장에서 다들 기다린다고 했다. 그렇게 둘은 돌아왔다. 그러나 이번에 실비아는 정말로 임신을 했다.

제29장

그 무렵 다른 소식이 들려왔다. 니도 저택의 늙은 여백작이 죽었다. 이레네는 아무 말도 없었지만 흥분이 느껴졌고, 얼굴에는 혈색이 돌았다. 이제 체사리노가 제 머리로 무언가를 할 수 있게 됐으니 그가 어떤 사람인지 알게 될 터였다. 많은 소문이 돌았다. 상속인이 그 혼자라거나 여럿이라는 소문, 여백작이 모든 것을 주교와 수도원에 남겼다는 소문까지.

정말로 공증인이 니도의 저택과 땅들을 보러 왔다. 그는 그 누구와도, 심지어 톰마시노와도 이야기를 나누지 않았다. 그저 농장 일과 수확, 파종에 대해 지시할 뿐이었다. 니도의 저택에서는 목록이 작성되었다. 때마침 밀 수확을 위해 휴가를 나와 있던 누토가 카넬리에 갔다가 상황의 전모를 알게 되었다. 여백작은 모든 재산을 백작도 아닌, 한 손녀의 아이들에게 남기고, 공증인을 후견인으로 지명했던 것이다. 그리하여 니도의 저택은 닫혔고 체사리노는 돌아오지 않았다.

그즈음 나는 언제나 누토와 함께 있었고 우리는 제노바, 군대, 음악, 비안케타 그리고 많은 것에 대해 이야기를 나누었다. 누토는 담배를 피웠고, 내게도 피우라고 권하며, 계속 이랑이나 파는 일에 싫증이 나지 않느냐고, 세상은 넓고 모두를 위한 자리가 있다고 말했다. 실비아와 이레네의 이야기에는 어깨만 으쓱할 뿐, 아무 말도 더 길게 이어가지 않았다.

이레네도 니도의 저택 소식에는 아무런 반응을 보이지 않았다. 여전히 야위고 창백한 모습으로 산티나와 함께 벨보 강가에 가서 앉아 있거나, 무릎에 책을 올려두고 나무들을 멍하게 바라보곤 했다. 일요일에는 머리에 검은 베일을 쓰고—계모와 실비아, 모두와 함께 미사에 갔다. 오랜 시간이 지나고 나서 어느 일요일에 다시 피아노 치는 소리를 들려왔다.

그 전해 겨울에 에밀리아는, 이레네가 카넬리의 어느 아가씨에게서 빌려왔다는 소설 한 권을 내게 빌려주었었다. 얼마 전부터 나는 누토의 충고에 따라 무언가 공부를 하려던 참이었다. 이제는 저녁을 먹은 뒤에 울타리 난간에 앉아 성인들의 축제와 별들의 이야기를 듣는 것에 만족하는 소년이 아니었다. 그래서 불을 쬐며 소설을 읽고 익혔다. 후견인이 있는 아가씨, 정원이 있는 아름다운 빌라에 그녀를 감금한 적들과 아주머니들, 쪽지를 전하고 독약을 주고 유언장을 훔치는 하녀들 이야기였다. 나중에는 말 탄 멋진 남자가 와서 그녀에게 입을 맞추고, 밤중에 아가씨는 질식할 듯한 느낌에 정원으로 나갔다가 납치를 당해 이튿날 아침 나무꾼들의 오두막에서 깨고, 그러면 멋진 남자가 와서 구해주는 이야기, 그게 아니면 숲속 망나니 같은 소년으로 시작하는데 그는 바로 범죄와 독살이 일어나는 어느 성 주인의 친아들로, 고소를 당해 감옥에 갇히지만, 후일 백발의 신부 덕에 탈출하여 다른 성의 상속자 아가씨와 결혼하는 이야기…… 이런 이야기들은 내가 오래전부터 알고 있던 거였다. 가미넬라에서 비르질리아가 나와 줄리아에게 들려주었던 이야기였다. 숲속에서 죽은 듯 잠자고 있는 미녀를 한 사냥꾼이 입맞춤으로 깨운다는 금발의 미녀 이야기, 아니면 어느 아가씨의 사랑을 확인하자마자 왕자, 또는 멋진 청년으로 변하는 일곱 개의 머리가 달린 마법사 이야기 말이다.

그런 이야기가 나는 좋았다. 하지만 이레네, 실비아, 비르질리아는 그걸 모른다. 마구간도 청소해본 적 없는 부인들이 어떻게 그런 이야기를 좋아할까? 구멍 속에서 살든 저택에 살든 매한가지라고, 어디나 피가 빨갛긴 마찬가지라고, 누구나 부자가 되고 사랑에 빠지고 행운을 잡고 싶은 거라고 했던 누토의 말이 정말 옳다는 것을, 나는 그때 깨달았다. 그 시절, 저녁 무렵 비안케타의 집에서 아카시아나무 밑으로 돌아오며 나는 행복했고, 휘파람을 불며 더이상 기차로 뛰어들 생각을 하지 않았다.

엘비라 부인이 다시 아르투로를 저녁식사에 초대하면, 그는 교활하게도 토스카나 청년을 떼어두고 왔다. 마테오 씨도 더이상 반대하지 않았다. 실비아가 어떤 상태로 제노바에서 돌아왔는지 아직 알려지지 않았던 시기였고, 모라 농장의 생활은 약간 고됐지만 원상태로 돌아간 것처럼 보였다. 곧 아르투로는 이레네의 환심을 사려고 애쓰기 시작했다. 실비아는 눈가에 머리칼을 흩뜨린 채 흥미롭다는 듯한 표정으로 그를 봤지만, 이레네가 피아노에 앉을 때면, 벌떡 일어나 밖으로 나가 테라스에 몸을 기대고 있거나 들판을 산책했다. 더는 양산을 쓰지 않았고, 이제 여자들은 햇볕 아래에서도 맨머리로 돌아다녔다.

이레네는 아르투로에 관해서는 들으려 하지도 말을 하려 하지도 않았다. 부드럽지만 차갑게 그를 대했고, 정원이나 대문까지 바래다주면서도 거의 말이 없었다. 아르투로는 변한 것이 하나도 없었다. 자기 아버지의 돈을 또다시 날려먹고 있었고, 에밀리아에게도 똑같이 추파를 던졌으며, 카드와 표적 맞히기 외에는 정말이지 어림 반 푼어치도 없는 짓만 했다.

실비아가 임신했다고 우리에게 말해준 건 에밀리아였다. 아버지나 다른 모든 사람보다 그녀가 먼저 알았다. 그 소식을 들은 날 저녁에―이레네와 엘비라 부인이 말해주었다―마테오 씨는 고함을 지르는 대신, 심술궂은 태도로 입가로 손을 가져가 웃기 시작했다. 그는 손가락 사이로 낄낄거렸다. "그럼 이제 이 아이 아버지를 찾아줘야겠군." 하지만 일어서서 실비아의 방으로 들어가려다가, 현기증을 느끼며 쓰러졌다. 그날 이후로 그는 입이 돌아갔고 반신불수가 되었다.

마테오 씨가 침대에서 나와 몇 발짝 걸음을 뗄 수 있게 됐을 때는 이미 실비아가 모든 조치를 끝낸 후였다. 코스틸리올레의 어느 산파에게 가 깨끗이 씻어낸 것이다. 누구에게도 말하지 않고서 말이다. 그녀가 어디에 갔었는지는 이틀 뒤에야 호주머니에 남아 있던 기차표 덕분에 알려지게 되었다. 눈자위가 퀭하게 죽은 사람 같은 얼굴로 돌아와 자리에 누웠고 곧 침대가 피로 흥건해졌다. 실비아는 신부나 다른 누구에게도 말을 하지 않고 죽었다. 다만 낮은 목소리로 "아빠" 하고 불렀을 뿐이다.

장례식을 위해 우리는 정원과 주위 농가에 피어 있는 모든 꽃을 꺾었다. 6월이었고 꽃은 많았다. 아버지 모르게 묻었다. 하지만 아버지는 옆방에서 들려오는 신부의 위령 기도를 듣고 깜짝 놀라, 자신은 아직 죽지 않았다는 말을 하려고 애를 썼다. 나중에 아르투로의 아버지와 엘비라 부인의 부축을 받으면서 테라스로 나갔을 때는 베레모를 눈까지 눌러쓴 채 아무 말 없이 햇살을 받았다. 아르투로와 그의 아버지는 교대로 줄곧 그의 곁을 지켰다.

이제 아르투로를 좋지 않은 눈으로 바라보는 것은 산티나의 어머니였다. 마테오 씨가 병이 들었으니 이레네가 결혼하여 지참금을 가져가는 게 탐탁지 않았던 것이다. 노처녀로 집에 남아 산티나의 보모 역할을 하는 편이 훨씬 더 나았고, 그러면 언젠가는 어린 산티나가 모든 것의 주인이 될 터였다. 마테오 씨는 더는 아무말도 하지 않았다. 기껏해야 자기 입에 숟가락이나 넣을 뿐이었다. 농장 관리인이나 우리와 치르는 계산은 모두 엘비라 부인이 했고 사방에 참견을 하는 것도 그녀였다.

하지만 아르투로는 영리하게 처신해 입지를 세웠다. 이레네가 남편을 찾는 편이 그에게는 바람직한 일이었다. 실비아 사건 이후로 다들 모라 농장의 아가씨들은 창녀라고 입을 모았기 때문이다. 그는 일언반구 없이 진지한 표정으로 와서 늙은 마테오 씨를 돌보고, 우리 말을 몰고 카넬리로 심부름을 다녀오고, 일요일에는 이레네의 손에 성수를 뿌려주었다. 항상 검은 옷차림에 이제는 장화를 신지 않았고 약값을 부담했다. 결혼도 하기 전에 아침부터 저녁까지 집에 머물며 농장을 돌아다녔다.

이레네는 그를 받아들였다. 그곳을 떠나 더이상 니도의 저택을 보지 않기 위해, 불평을 늘어놓고 소란을 부리는 새엄마를 보지 않기 위해서였다. 실비아가 죽은 그해 11월에 이레네는 결혼했다. 상중인데다 마테오 씨가 말을 하지 못했기 때문에 큰 잔치를 벌이지 않았다. 두 사람이 토리노로 떠나자, 엘비라 부인은 세라피나와 에밀리아에게 하소연을 늘어놓았다. 친딸처럼 보살폈는데 그렇게 배은망덕하게 나올 수가 있느냐면서, 그럴 줄은 정말 생각도 못했다고 푸념을 늘어놓았다. 이레네의 결혼식에서 가장 아름다운 여인은 비단옷을 차려입은 산티나였다. 여섯 살밖에 되지 않았지만 그녀가 바로 신부 같았다.

이듬해 봄, 나는 군대에 갔고, 모라 농장은 더이상 내게 중요하지 않게 되었다. 토리노에서 돌아온 아르투로는 오자마자 명령을 내리기 시작했다. 피아노를 팔고, 말과 목초지 일부를 팔았다. 이레네는 나가서 새로운 집에 살아야겠다고 생각하며, 다시 아버지를 곁에서 돌보았다. 이제 아르투로는 늘 바깥으로 나돌았다. 다시금 도박을 하고, 사냥을 하고, 친구들에게 저녁식사를 대접하기 시작했다. 이듬해 내가 휴가를 받아, 딱 한 번 제노바에서 돌아왔을 때 보니, 지참금은—모라 농장의 절반쯤 되었다—이미 다 날려먹어 없었고, 이레네는 니차의 단칸방에서 살고 있었으며, 아르투로는 그녀를 때렸다.

제30장

　실비아가 살아 있었고 이레네가 젊었던 시절의 여름날 일요일이 떠오른다. 나는 열일곱 아니면 열여덟 살이었고 주변 마을들을 돌아다니기 시작했다. 9월 1일의 부온 콘실리오 축제 때였다. 실비아와 이레네는 다과회에도, 방문객들과 친구들에게도 갈 수 없었다―의상 문제인지 무슨 불만인지는 모르겠지만 평소 어울리던 친구들과 만나려 하지 않았고 접의자에 길게 누운 채 비둘기 집 위로 하늘만 바라보았다. 그날 아침 목을 깨끗이 씻고 새 셔츠, 새 신발을 신고 마을에 갔던 나는, 요기를 하려고 돌아왔다가 다시 자전거에 막 오르려던 참이었다. 누토는 춤곡을 연주하고 다니느라 전날부터 축제에 가 있었다.

　테라스에서 실비아가 내게 어디로 가려는 거냐고 물었다. 잡담을 나누고 싶은 듯했다. 이따금 그녀는 아름다운 아가씨답게 멋진 미소를 띠고 말을 걸곤 했는데, 그럴 때면 내가 하인이 아닌 것 같은 기분이 들었다. 하지만 그날은 서두르고 싶었고, 대화가 별로 내키지 않았다. 실비아는 왜 마차를 타고 가지 않느냐고 했다. 마차를 타면 더 빨리 도착할 거야. 그러면서 이레네에게 소리쳤다. "너도 부온 콘실리오 축제에 가지 않을래? 안젤라가 우릴 데려다주고 말을 돌볼 거야."

나는 별로 내키지 않았지만 기다려야 했다. 둘은 간식 바구니와 양산과 담요를 챙겨서 내려왔다. 실비아는 꽃무늬 옷을, 이레네는 하얀색 옷을 입고 있었다. 두 숙녀는 굽 높은 신발을 신고 마차에 올라서는 양산을 폈다.

목과 등을 깨끗이 씻은 내 옆에 실비아가 붙어 앉아 양산을 펼치자 꽃향기가 감돌았다. 나는 그녀의 작은 장밋빛 귀, 귀걸이 구멍이 뚫린 귀불과 하얀 목덜미를 보았고, 그 너머로 이레네의 금발 머리를 보았다. 두 사람은 자신들을 만나러 오는 청년들 이야기를 주고받고 품평을 하며 깔깔거렸고 간간이 나더러 귀를 닫으라고 말하기도 했다. 축제에 누가 올지 자기들끼리 추측해보기도 하면서. 오르막길에 접어들어 말이 지치지 않도록 내가 마차에서 내리자 실비아가 고삐를 쥐었다.

가면서 두 사람은 이 집과 농가, 저 종탑이 누구 것인지 물었고, 나로선 늘어선 포도나무의 품질이라면 모를까 그 소유를 알 리가 없었다. 우리는 몸을 돌려 칼로소의 종탑을 보았고, 나는 모라 농장이 지금 어느 쪽인지 알려주었다.

잠시 후 이레네가 내게 가족을 진짜 모르냐고 물었다. 모르지만 그래도 평온하게 살고 있다고 나는 대답했다. 그러자 실비아가 위에서 아래로 날 훑더니, 이레네에게 내가 멋진 젊은이라고, 이곳

출신이 아닌 것 같다고 했다. 날 모욕하려는 의도는 아니었겠지만, 이레네는 그렇게 되려면 손이 멋져야 한다고 했고, 나는 손을 감추었다. 그러자 그녀도 실비아처럼 웃었다.

그러고 나서 다시 자기네의 불만과 옷 이야기로 돌아갔고 우리는 축제 장소에 다다랐다.

토로네 과자를 파는 노점, 깃발들, 마차들, 표적 맞히기 게임들로 혼잡한 와중에 간혹 총성도 들렸다. 나는 말을 맬 가로대가 있는 플라타너스 아래로 마차를 끌고 가 말을 풀고 건초를 펼쳐주었다. 이레네와 실비아는 물었다. "경마는 어디서 해? 어디야?" 하지만 아직 시간이 남아, 둘은 친구들을 찾기 시작했다. 나는 말을 지키면서 축제를 구경해야 했다.

이른 때였다. 누토는 연주를 하기 전이었고, 뿡빵, 삑삑, 뿌뿌, 여러 악기들이 내는 가벼운 소리들이 주변에 흐르고 있었다. 나는 세라우디네 형제들과 탄산수를 마시고 있는 누토를 발견했다. 그들은 성당 뒤쪽 평지에 있었는데, 앞에 펼쳐진 언덕 전부와 청포도밭, 강둑은 물론, 더 멀리 숲속의 농가들까지 한눈에 내다보이는 곳이었다. 사람들은 축제에 참석하느라 저 위에서, 멀리 흩어진 농가들 마당에서, 멀리 작은 성당에서, 아직 염소들을 위한 길밖에 없고, 아무도 지나지 않는 만고 마을* 너머에서, 마차나 수레나 자전거를 타고 걸어서 이곳으로 왔다. 성당으로 아가씨들과 나이든 여인들, 허공을 보는 남자들이 가득 들어차 있었다. 신사들, 잘 차려입은 아가씨들, 넥타이를 맨 아이들도 성당 문 앞에서 행렬을 기

---

* Mango. 산토스테파노벨보 서쪽에 있는 마을이다.

다렸다. 나는 누토에게 이레네와 실비아도 함께 왔다고 했고, 우리는 친구들 가운데 둘러싸여 웃고 있는 두 사람의 모습을 볼 수 있었다. 꽃무늬 옷이 정말 가장 아름다웠다.

누토와 함께 주막 마구간으로 말을 보러 갔다. 마을에 사는 비차로가 문가에서 우리를 세우고 망을 보라고 했다. 사람들과 함께 땅에 절반가량을 흘리면서 포도주 한 병을 땄다. 어차피 마시려고 딴 건 아니었다. 거품이 일게 포도주를 사발에 붓더니 오디처럼 까만 흑마 라이올로에게 먹였다. 말이 포도주를 다 핥아먹자 정신을 차리라는 듯 채찍으로 말 뒷다리를 네 번 후려쳤다. 라이올로는 고양이처럼 꼬리를 감고 발길질을 했다. "쉿, 못 본 걸로 해." 그들이 말했다. "이제 깃발은 우리 차지야."

그때 실비아가 어떤 청년들과 같이 문 앞으로 다가왔다. "이봐, 벌써부터 마시면 말이 아니라, 당신들이 달려야 할지 모르겠는걸." 언제나 웃는 낯을 하고 있는 뚱뚱한 청년 하나가 말했다.

비차로는 웃음을 머금고 빨간 손수건으로 땀을 닦으며 말했다. "아가씨들이 달려야겠지. 우리보다 가벼우니까."

그런 다음, 누토는 성모의 행렬을 위해 연주를 하러 갔다. 악단이 성당 앞에 줄지어 서자 성모상이 나왔다. 누토는 우리에게 눈을 찡긋하더니 침을 뱉어 손을 문지르고 클라리넷을 입에 물었다. 만고까지 들릴 만큼 힘차게 한 소절을 연주했다.

그 공터 플라타너스들 가운데 울리는 트럼펫과 클라리넷 소리에 사람들이 무릎을 꿇거나 달려가는 모습이 나는 얼마나 보기 좋았는지, 성모상이 성당지기들의 어깨 위에서 흔들흔들하며 문 밖에서 나오는 모습이 얼마나 좋았는지 모른다. 사제들이 나오고, 긴 셔츠의 아이들, 나이든 아낙들, 신사들, 향기, 햇살 아래에 켜진 촛불들, 형형색색의 옷들, 숙녀들이 따라 나왔다. 노점상, 토로네 가게, 표적 맞히기 게임장, 회전목마, 여기저기에서, 남자들, 여자들 모두가 플라타너스 아래에서 바라보았다.

성모상이 공터를 한 바퀴 돌자 누군가 폭죽을 쏘아올렸다. 눈부신 금발의 이레네가 귀를 막는 모습이 보였다. 내가 그들을 마차에 태우고 왔다는 사실이, 이렇게 두 사람과 함께 축제에 있다는 사실이 너무도 흐뭇했다.

나는 잠시 가서 말 주둥이 밑에 건초를 모아주고 그곳을 서성거리며 우리 담요와 숄과 바구니를 바라보았다.

곧이어 경마가 열렸다. 다시 악단 연주가 울리는 가운데 말들이 길로 내려왔다. 나는 끊임없이 꽃무늬 옷과 하얀색 옷을 눈으로 찾았고, 이야기하며 웃는 두 숙녀의 모습을 보았다. 내가 저 숙녀들이 이야기 나누는 청년들 중 하나가 되고, 내가 그녀들과 함께 춤출 수 있다면, 무슨 일이라도 할 수 있을 것만 같았다.

말들이 두 바퀴를 돌았다. 오르막길과 내리막길로, 플라타너스 아래로 내달리며 말들은 홍수 때의 벨보 강처럼 시끄러운 소리를 냈다. 라이올로를 모는 사람은 처음 보는 젊은이였는데, 그는 등을 굽힌 채 열광적으로 채찍질을 해댔다. 옆에 있던 비차로는 욕설을 쏟아내다가 다른 말이 비틀거리며 자루처럼 주둥이를 땅에 처박자 만세를 외쳤고, 라이올로가 고개를 들고 펄쩍 뛰자 또다시 욕을 퍼붓더니, 목에서 손수건을 잡아채며 내게 "사생아 새끼!"라고 했다. 세라우디네 형제들은 춤을 추는가 하면, 염소처럼 서로를 머리로 받았다. 이어 다른 쪽 사람들이 함성을 지르자, 비차로는 풀밭에 몸을 던져 그 커다란 몸집으로 한 번 구르고는, 머리로 땅바닥을 들이받았다. 다시 한번 모두들 함성을 내질렀다. 네이베의 말이 우승을 했다.

그러다 결국 나는 이레네와 실비아를 시야에서 놓쳤다. 표적 맞히기와 카드 게임장을 한 바퀴 돌고 주막으로 가보니, 말 주인들이 연거푸 포도주를 들이켜며 싸움을 벌이고 있었고, 그들을 화해시키느라 애쓰는 주임신부의 목소리가 들려왔다. 노래하는 사람도 있고, 욕하는 사람도 있고, 살라미와 치즈를 먹는 사람도 있었다. 그곳에 아가씨들이 오지 않은 게 분명했다.

그때 벌써 누토와 악단은 무도장에 앉아 연주를 막 시작했다. 화창한 날이었다. 음악과 웃음소리가 들리는 싱그럽고 맑은 저녁이었다. 노점상 뒤로 가자, 칸막이 천이 올라가 있는 게 보였다. 젊은이들이 술을 마시며 농담을 나누고 있었는데, 누군가는 진열대에 있는 여자들의 치마를 들추기도 했다. 아이들은 서로를 부르고, 토로네를 훔치고, 시끄럽게 떠들어댔다.

나는 춤추는 것을 보러 천막 밑에 마련돼 있는 무도장으로 갔다. 세라우디네 형제들은 벌써부터 춤을 추고 있었다. 그 집 자매들도 거기 있었지만, 꽃무늬 옷과 하얀색 옷을 찾고 있던 나는 꾸물거릴 틈이 없었다. 곧이어 아세틸렌 불빛 아래에서 각자의 청년을 껴안고 어깨에 얼굴을 기댄 채 음악에 이끌려 움직이는 두 자매가 보였다. '내가 누토라면 좋겠다.' 그런 생각을 했다. 누토의 의자 옆으로 다가가자, 그는 연주자들에게 하는 것처럼 내게도 술 한 잔을 가득 따라주었다.

나중에 풀밭에서 말 주둥이 옆에 길게 뻗어 있는 나를 실비아가 찾아왔다. 나는 플라타너스 사이로 별들을 헤아리고 있었다. 갑자기 나와 하늘 사이에서 그녀의 즐거운 얼굴과 꽃무늬 옷이 나타났다. "여기서 잤구나!?" 그녀가 외쳤다.

나는 벌떡 일어났다. 청년들은 시끄럽게 떠들면서 그녀들에게 더 놀자고 했다. 멀리 성당 뒤편에서 소녀들이 노래를 부르고 있었다. 한 청년이 걸어서 바래다주겠다고 했다. 하지만 다른 아가씨들이 말했다. "그럼 우리는?"

우리는 아세틸렌 불빛 쪽으로 나아갔고, 곧이어 어둠이 내린 길에 말 발굽 소리를 내며 천천히 비탈을 내려갔다. 성당 뒤편 소녀들은 연신 노래를 불렀다. 이레네는 숄을 두르고 실비아는 사람들과 무용수들과 여름 이야기를 늘어놓으며 모두를 흉보고 웃었다. 둘은 나에게 애인이 있느냐고 물었다. 나는 누토와 함께 있었고 연주하는 걸 구경했다고 대답했다.

이윽고 점점 말수가 적어지던 실비아가, 순간 내 어깨에 머리를 기대어왔다. 실비아는 내게 미소를 짓고, 내가 마차를 모는 동안, 그냥 그대로 가만히 있어 달라고 했다. 고삐를 틀어쥔 채, 나는 말의 귀만 바라보았다.

제31장

    친토는 누토가 집에서 데리고 지내며 목수 일을 시키고 악기 연주를 가르치기로 했다. 그렇게 해서 만일에 친토가 잘해내면, 적당한 시기에 내가 제노바에 일자리를 알아봐주는 것으로 합의를 보았다. 또 결정해야 할 게 하나 있었다. 친토를 알레산드리아의 병원에 데려가 의사에게 다리를 보여주는 일이었다. 누토의 아내는 살토에 있는 집 견습공들과 작업대 사이에 안 그래도 사람이 너무 많다고, 자신은 친토를 돌볼 수 없다고 싫은 소리를 했다. 우리는 친토가 판단력이 있는 아이라고 말했다. 그러면서도 나는 친토를 한쪽으로 불러내어 여기는 가미넬라 언덕길과 다르니—카넬리로 오가는 자동차들, 트럭들, 오토바이들이 공방 앞으로 지나다니고 있으니까—조심하라고, 그러니까 길을 건너기 전에는 항상 주위를 둘러보아야 한다고 당부했다.

    그렇게 친토는 살아갈 집을 찾았고, 나는 이튿날 다시 제노바로 떠나야 했다. 오전에 살토에 들르자 누토가 나를 보고 말했다. "그래, 떠나는구나. 포도 수확 때도 안 와?"

"아마 배를 타게 될 거야. 내년 축제 때 올게."

누토는 습관처럼 입술을 내밀었다. "너무 짧게 있었는데. 우리끼리 이야기도 제대로 못 나눴는걸."

나는 웃었다. "내가 새로운 아들도 하나 찾아주었잖아……"

탁자에서 일어날 때, 누토는 뭔가 결심한 표정이었다. 불현듯 재킷을 낚아채더니, 허공을 보며 중얼거렸다. "저 건너로 가보자. 저기, 너희 고향 동네로 말이야."

우리는 가로수 길을 지나고 벨보 강의 가교를 건너 아카시아나무 사이의 가미넬라 언덕길로 나왔다. "집을 한번 둘러볼까?" 내가 말했다. "발리노도 괜찮은 사람이었는데."

우리는 오솔길로 올라갔다. 텅 빈 채로, 시커매진 벽들의 뼈대만 휑했고, 이제야 포도나무 이랑들 위로 솟은 거대한 호두나무가 보였다. 나는 말했다. "나무들만 남았군. 발리노가 잘라낸다고 죽도록 고생을 했는데…… 언덕이 이겼어."

누토는 말없이 돌멩이와 재로 가득한 마당을 바라보았다. 나는 돌멩이들 사이로 돌아다녀봤지만 지하실로 들어가는 구멍을 찾을 수 없었다. 잔해들에 막혀버린 것이다. 새들이 언덕 기슭에서 시끄럽게 지저귀고, 포도나무 위로 자유롭게 날아다니는 녀석도 있었다. "무화과 하나 먹어야겠군. 이제 누구에게 피해를 줄 것도 아니니." 무화과를 베어 물자 익숙한 맛이 입안에 퍼졌다.

"만약에 빌라의 부인이 봤으면 이것마저 뱉어내라고 했을걸." 나는 말했다.

누토는 말없이 언덕만 바라보고 있었다.

"이 사람들도 죽어버렸어." 마침내 그가 입을 열었다. "네가 모라 농장을 떠난 뒤로 얼마나 많은 사람들이 죽었는지!"

나는 아직도 옛 모습 그대로 남아 있는 울타리 난간에 앉아서, 그 많은 죽은 사람들 중에서도 마테오 씨의 딸들만큼은 머릿속에서 지울 수 없다고 말했다. "실비아는 그렇다고 치고. 집에서 죽었으니까. 하지만 이레네는 그 뜨내기랑 어떻게 됐을지…… 고생은 고생대로 하고서는…… 그리고 산티나, 그 산티나는 또 어떻게 죽었을는지 누가 알겠어……"

누토는 돌멩이들로 장난을 치다가 위를 보았다. "저 가미넬라 위쪽으로 가보지 않을래? 가보자. 빨리 가자."

그래서 우리는 출발했고, 누토가 포도밭 오솔길로 앞장섰다. 나는 하얗게 마른 흙과 짓눌리고 미끄러운 오솔길의 풀, 햇살 아래 벌써 단물이 밴 포도 냄새를 풍기는 수확철 포도밭과 언덕의 거친 냄새를 가려낼 수 있었다. 하늘에는 바람의 기다란 선들, 밤의 어둠 속 별들 너머로 보이곤 하는 희끄무레한 얼룩 같은 것이 흩어져 있었다. 내일이면 나는 코르시카 거리에 있겠지 하고 생각한 순간, 바다에도 조류의 선들이 흩어져 있다는 것을, 어린 시절에 구름과 은하수를 바라보던 때, 나도 모르는 사이에, 이미 내가 여행을 시작하고 있었다는 사실을 깨달았다.

구릉 위에서 나를 기다리던 누토가 말했다. "산티나*가 스무 살때 어땠는지 너 못 봤지. 정말이지, 봤어야 하는데. 이레네보다 더

---

* 원서는 여기서부터 '산타Santa'로 부르고 있지만, 혼동을 피하기 위해 '산티나'로 표기했다. '산티나Santina'는 산타의 애칭이다.

아름다웠고, 양귀비 꽃술 같은 눈에…… 하지만 암캐였어…… 망나니에 암캐……"

"어떻게 그렇게 될 수가 있을까……"

나는 걸음을 멈추고 저 아래 골짜기를 바라보았다. 어렸을 때는 이곳까지 올라온 적이 없었다. 멀리 카넬리의 작은 집들이 보였고, 역과 칼라만드라나의 검은 숲도 보였다. 누토는 무엇인가 말하고 싶어하는 것 같았다. 그리고 왜 그런지 모르겠지만 나는 부온 콘실리오 축제를 떠올렸다.

나는 말했다. "언젠가 실비아와 이레네와 함께 마차를 타고 축제에 간 적이 있어. 내가 아직 소년일 때 말이야. 그 위에서는 아주 멀리 떨어진 마을들과 농가들, 마당들이 보였지. 심지어 창문 위에 있는 살충제 얼룩까지 보였지. 경마가 열렸었는데, 모두들 미친 것만 같았지…… 누가 우승했는지는 이제는 기억도 안 나. 기억나는 거라곤 언덕 등성이에 자리하던 농가들이랑 실비아가 입었던 장밋빛과 보랏빛 꽃무늬 그 옷뿐이지……"

"산티나도 부비오 축제에 데려다 달라고 한 적이 있었지." 누토가 말했다. "어떤 해에는 내가 연주할 때만 와서 춤을 추기도 했고. 아직 그 애 어머니가 아직 살아 있을 때였지…… 아직 모라 농장에 살 때……"

누토는 몸을 돌리더니 말했다. "그만 갈까?"

그러고서 그는 평원으로 나를 안내하기 시작했다. 이따금 주위를 둘러보며 길을 찾았다. 모든 것이 그대로라고, 모든 것이 예전 그대로라는 생각이 들었다─누토가 산티나를 마차에 태우고, 내가 자매들에게 그랬던 것처럼 그 구릉들을 지나 축제가 열리는 곳

으로 그들을 데려다주는 모습을 그려보았다. 포도밭 위쪽의 응회
암 지대 첫 동굴이 나타났다. 괭이들을 보관하거나 샘물이 있어 위
쪽 그늘에 공작고사리가 자라는 그런 작은 동굴들 가운데 하나였
다. 우리는 보잘것없는 포도밭을 가로질러갔고 그곳의 단단한 둥
치에는 산 모양의 조그마한 노란색 꽃과 양치식물이 가득차 있었
다—그 꽃들을 씹어 껍질이 터진 포도나무 줄기에 붙여 막는 것
을 나는 알고 있었다. 언덕은 계속 오르막이었다. 우리는 여러 농
가를 지나 이제 탁 트인 곳에 이르렀다.

"너한테 할 얘기가 있어." 갑자기 누토가 눈을 깔고 말을 이었다.
"나 산티나가 어떻게 죽었는지 알아. 거기에 있었어."

이제 어느 구릉 주위로 돌아가는 거의 평지에 가까운 길로 들어
섰다. 아무 대꾸 없이 누토가 이야기를 하도록 내버려두었다. 길을
바라보느라 고개를 돌리자, 새인지 장수말벌인지 무언가가 내 머
리 위로 휙 스쳐갔다.

누토가 들려준 이야기는 이랬다. 카넬리에서 영화관 뒷골목을
지나갈 때마다, 위쪽을 올려다보며 커튼이 움직이는지 살펴보던
시절이 있었다. 사람들은 아직까지도 그때의 이야기를 한다. 모라
농장에는 니콜레토가 와 있는데 그를 견뎌낼 수 없었던 산티나
는 어머니가 죽자마자 카넬리로 달아나 방을 하나 구했고 그곳에
서 개인교사 일을 했다. 하지만 그런 여자애들이 흔히 그렇듯이,
그녀는 곧바로 파시스트 본부에 일자리를 찾았고 사람들과 민병
대 장교들에 대해, 면장과 면서기에 대해, 주위의 모든 범죄자들에
대해 털어놓았다. 그런 금발에 그렇게 세련됐으니 자동차에 올라
타서 주변 지역들을 돌아다니고 별장들과 신사들의 집, 아퀴의 온

천에서 열리는 만찬들에 참석하는 것이야 당연한 일로 받아들여졌다―그 동료들 무리만 없었다면 말이다. 누토는 길에서 그녀와 마주치지 않으려 애썼지만 그 창문 아래로 지나갈 때면 커튼을 향해 눈을 치켜들곤 했다.

그러다가 1943년 여름과 더불어 산티나의 호시절도 끝이 났다. 누토는 소식을 듣고 또 전하기 위해 늘 카넬리에 갔지만 더이상 커튼 쪽으로는 눈을 들지 않았다. 사람들은 산티나가 무리의 우두머리와 알레산드리아로 도주했다고 했다.

9월이 되자 독일과의 전쟁이 다시 기승을 부렸다―민병대원들은 굶주린 채 변장을 하고 맨발로 집에 숨어들었고, 파시스트들은 밤새 총질을 했다. 모두들 수군거렸다. "다 끝난 줄 알았는데." 공화국이 시작되었다. 어느 날 누토는 산티나가 카넬리에서 돌아와 파시스트들의 본부에서 일을 다시 시작했고, 술에 취해 검은 여단 대원과 잠자리를 한다는 소문을 들었다.

제32장

누토는 믿지 않았다. 끝까지 믿으려 하지 않았다. 한번은 산티나가 다리를 건너는 것을 보았다. 역에서 오는 길이었는데, 회색모피 옷에 벨벳 신발을 신고 추위 때문인지 눈빛이 더 형형하게 빛났다. 그녀가 누토를 불러 세웠다.

"살토에서 어떻게 지내세요? 요즘도 연주하세요? ……오, 누토 오빠, 오빠도 독일로 갔을까봐 정말 걱정했어요…… 거기선 정말 힘이 들겠죠…… 이제는 그들이 좀 조용히 놔둘까요?"

당시 카넬리를 가로지른다는 건 반드시 위험을 감수해야 하는 일이었다. 독일군 순찰대가 있었다. 전쟁이 아니었다면 산티나 같은 아가씨가 거리에서 누토와 이야기할 리도 없었다. 그날 누토는 마음이 불편해 "응"과 "아니"로만 답했다.

나중에 누토는 체육관 카페에서 다시 그녀를 만났다. 그때도 문을 나서며 산티나가 먼저 누토를 불렀다. 누토는 드나드는 사람들

204 | 달과 불

의 얼굴을 자세히 살폈지만 평온한 아침이었고, 다들 미사를 드리러 가는 화창한 일요일이었다.

"오빠는 내가 요만했을 때부터 나를 봐왔으니까, 나 믿죠." 산티나가 말했다. "카넬리에는 나쁜 사람들이 있어요. 할 수만 있다면 날 불태울 거예요…… 여자는 멍청이 같은 삶을 살아야 한다고 생각하는 자들이에요. 나마저도 마지막에는 이레네 언니처럼 되기를, 나를 때리는 내 손에 입을 맞추길 원하는 사람들 말예요. 하지만 나는 때리는 그 손을 물어버릴 거예요…… 진짜 나쁜 일을 해볼 깜냥도 못 되는 잔챙이 같은 인간인 거지요……"

산티나는 카넬리에서는 구할 수 없는 담배를 피웠는데, 그것을 누토에게 건네며 말했다. "가지세요. 다 가져가요. 저 위에는 담배 피우는 사람들이 많을 테니까."

그러고서 말을 이었다. "좀 봐요. 한때 내가 누군가와 어울리고 미친 짓을 했다는 이유로, 오빠도 내가 지나갈 때 진열장 쪽으로 몸을 돌렸죠. 하지만 오빠는 우리 엄마를 알고, 내가 어떤 사람인지도 알잖아요…… 나를 축제에 데려가고…… 혹시 내가 예전의 그 비열한 놈들한테 아무 유감도 없을 거라 생각하세요?…… 적어도 지금 그 사람들은 스스로를 변호하고 있어요…… 이제 나는 그들의 빵으로 먹고살아야 하고요. 나는 늘 자구책을 마련해야 했고, 아무도 날 뒷받침해주지 않았으니까요. 하지만 솔직히 말해서…… 더 못 견딜 지경에 빠졌다면……"

산티나는 대리석 탁자에 앉아 미소도 없이, 자기 언니들과 똑 닮은 그 섬세하고 대담한 입술에, 화가 난 젖은 눈으로 누토를 바라보았다. 산티나가 거짓말을 하는 건 아닌지 파악하려고 온갖 노

력을 기울이던 누토는, 마침내 지금은 이쪽인지 저쪽인지 결정해
야 하는 시기라고, 자신은 결정을 했다고, 자신은 탈주자들과 애국
자들, 공산주의자들 편에 섰다고 말했다. 자신들을 위해 사령부에
서 첩자 노릇을 해달라고 그녀에게 부탁을 해야 했지만, 누토는 감
히 그렇게 말할 엄두가 나지 않았다―특히 여자를, 그것도 산티나
를 그렇게 위험한 일에 개입시킨다는 걸 용납하지 못했다.

정작 그런 생각을 떠올린 것은 산티나 자신이었고, 그녀는 누토
에게 군의 움직임과 사령부의 명령, 파시스트들에 대한 많은 정보
를 제공해주었다. 어떤 날은 사람을 보내서 위험을 알리며 카넬리
쪽으로 오지 말라는 전갈을 보내기도 했는데, 실제로 바로 그날 독
일군들은 광장과 카페들을 샅샅이 뒤지고 다녔다. 산티나는 자신
에게는 아무 위험이 없다고, 오래전부터 알고 지내던 비열한 놈들
이 제 발로 찾아와 이야기를 털어놓는 것뿐이라고 했고, 그렇게 애
국자들에게 전해줄 정보조차 얻을 수 없었다면 너무나 역겨웠을
거라고 했다. 검은 여단이 플라타너스 아래에서 두 청년을 총으로
쏘아죽이고, 개처럼 그대로 방치했던 날 아침, 산티나는 자전거를
타고 모라 농장으로, 거기서 다시 살토 언덕으로 건너가서, 누토의
어머니에게 만일 소총이나 권총을 갖고 있다면 강가에 숨겨두라
고 당부했다. 이틀 뒤에 그곳을 지나가던 검은 여단은 그 집을 쑥
대밭으로 만들었다.

그러던 어느 날, 산티나가 누토의 팔을 붙잡고는 더이상은 할
수 없을 것 같다고 말했다. 니콜레토를 견딜 수가 없기 때문에, 모
라 농장에는 돌아갈 수 없다고, 하지만 그 많은 사람들이 죽은 뒤
로는 카넬리에서 일하는 것이 점점 더 고통스러워져서 미칠 지경

이라고 했다. 만약에 그런 생활을 당장이라도 끝내지 않는다면, 자신은 권총을 들고 누군가를 쏴버리고 말 거라고 했다─그 누군가가 누구인지는 그녀만이 알고 있었겠지만, 아마도 자기 자신이 아니었을까.

그녀는 말했다. "나도 언덕으로 올라가고 싶지만, 그럴 수 없겠죠. 날 보자마자 쏠 테니까. 파시스트 본부 여자라고."

그래서 누토는 산티나를 강둑으로 데려가 바라카와 만나게 했다. 바라카에게 그녀가 한 이야기를 전부 다 들려주었다. 바라카는 땅바닥을 바라보며 골똘히 듣고 있었다. 이야기가 끝났을 때 그는 이렇게만 말했다. "카넬리로 돌아가세요."

"하지만 안 돼요……" 산티나가 말했다.

"카넬리로 돌아가서 기다려요. 우리가 지시를 전할게요."

두 달 뒤인 5월 말, 산티나는 카넬리에서 떠났다. 그들이 눈치를 채고 잡으러 왔기 때문이었다. 독일군 순찰대가 들이닥쳐 그녀 집을 수색했다고 영화관 주인이 말해주었다. 카넬리에서는 그 이야기뿐이었다. 산티나는 언덕 위로 달아나 빨치산 대열에 합류했다. 누토는 밤중에 들러 임무를 전하는 동지들한테서 간간이 소식을 들었는데, 그녀는 무장을 하고 다니며 모두로부터 존중받고 있다고 했다. 나이든 어머니, 빌어먹을 집만 아니라면, 누토 역시 그 무리 속에서 산티나를 도왔을 것이다.

하지만 산티나한테 도움은 필요 없었다. 6월 소탕 작전이 있고, 그 오솔길들에서 수많은 사람이 죽었을 때, 산티나는 바라카와 함께 수페르가* 뒤쪽 농가에서 밤새 전투를 했고, 심지어 문가에 나가 파시스트들을 향해, 자신은 그들 모두를 하나하나 알고 있으니

전혀 두렵지 않다고 소리치기까지 했다. 이튿날 아침 그녀와 바라카는 달아났다.

이 모든 이야기를 누토는 나지막한 목소리로 이어가며, 가끔씩 걸음을 멈추고 주위를 둘러보았다. 그루터기들과 텅 빈 포도밭, 그리고 다시금 높아지는 경사면을 바라보았다. 그는 말했다. "자, 이쪽으로 가자." 이윽고 우리는 벨보 강에서는 잘 보이지 않는 곳에 이르렀다. 이곳은 모든 것들로부터 멀리 떨어져서 조그맣고 흐릿했으며, 주위에는 언덕 등성이들과 멀찌감치 떨어진 높은 꼭대기들뿐이었다. "가미녤라 언덕이 이렇게 넓은지 알고 있었니?" 누토가 말했다.

우리는 어느 포도밭 위, 아카시아나무에 둘러싸인 우묵한 곳에서 멈추었다. 무너진 농가의 시커먼 잔해가 있었다. 누토가 빠르게 말했다. "여기에 빨치산들이 있었어. 농가는 독일군들이 불태웠지. 어느 날 밤, 낯익은 청년 둘이 무장한 차림으로 살토로 와서 나를 이리로 데려왔어. 오늘 올라온 이 길로. 밤중에 걷는데 바라카가 내게 뭘 원하는 건지 말도 안 해주더군. 농가들을 지날 때 개들이 짖었지만 아무 움직임도 불빛도 없었어. 어떤 시절이었는지는 너도 알지? 난 불안했어."

농가에 불이 켜져 있었다. 마당에 오토바이 한 대, 담요들, 청년 몇이 있었다. 숙영지는 저 숲속이었다.

바라카는 나쁜 소식을 전하려고 불렀다고 했다. 산티나가 첩자였다는 증거들이 있다는 거였다. 6월의 소탕 작전을 지휘한 건 그

---

* Superga. 토리노 동쪽 포 강 근처의 높은 언덕이다.

녀였고, 니차의 위원회*도 그녀가 와해시켰으며, 심지어 파시스트 본부에 무기고 위치를 알려주는 그녀의 쪽지가 독일군 포로들한 테서 나왔다고 했다. 바라카는 쿠네오의 회계사 출신으로 아프리 카에도 가본 유능하고 말수가 적은 사람이었다—그는 나중에 카 넬리에서 다른 빨치산들과 함께 죽었다. 그런데 도대체 왜, 산티나 가 소탕 작전 날 밤에 자신과 함께 싸웠는지 이해할 수가 없다고 했다. "아마 당신이 잘해줘서 그랬겠지요." 누토는 그렇게 답했지 만 풀죽고 떨리는 목소리였다.

바라카가 말하길, 산티나는 좋아하는 사람한테는 무조건 잘했 다. 그래서 그런 일이 일어났다. 위험을 느낀 그녀는 최후의 일격 을 위해 가장 뛰어난 청년 둘을 데리고 도망쳤다. 카넬리에서 붙잡 을 일만 남았다. 이미 서면 명령은 내려졌다.

"바라카는 나를 사흘간 그 위에 잡아두었어. 얼마는 산티나 이 야기를 하며 심경을 토로하고 싶어서였을 테고, 또 얼마는 내가 중 간에 개입하지 못하게 막고 싶어서였을 테지. 어느 날 아침에 산티 나는 엄중한 감시를 받으면서 산중으로 돌아왔어. 그 무렵 늘 입고 다니던 바람막이 재킷과 바지 차림이 아니더라고. 카넬리에서 탈 출하려고 여자 옷으로, 밝은 여름옷으로 갈아입었던 거야. 가미넬 라 언덕에서 빨치산 대원들에게 붙잡혔을 때는 무슨 일인지 영문 을 모르는 척했지…… 파시스트 회람 정보를 갖고 있었지만 아무 쓸모도 없는 거였으니까. 바라카는 우리 앞에서 그녀의 선동으로 얼마나 많은 대원들이 떠났고, 얼마나 많은 무기 저장고를 잃었는

---

* comitato. 이차대전 당시 빨치산 조직인 민족해방위원회Comitato di Liberazione Nazionale를 가리키는 것으로 보인다.

지, 또 얼마나 많은 젊은이들이 죽었는지 늘어놓았어. 산티나는 무장이 해제된 채, 의자에 앉아서 가만히 듣고만 있었고. 성난 눈길로 바라보며, 내 눈을 찾고 있었지…… 바라카가 총살형 선고문을 읽고는 두 명의 대원에게 밖으로 데리고 나가라고 명령했어. 그녀보다 멍청한 녀석들이었지. 언제나 군용 재킷에 혁대를 차고 다니던 그녀가, 지금 하얀 옷을 입고 자기들 손에 붙잡혀 있는 상황을 받아들이지 못하더군. 그들이 산티나를 밖으로 데리고 나갔어. 문가에서 산티나는 몸을 돌리고 나를 바라보더니, 마치 아이처럼 얼굴을 찡그렸어…… 하지만 곧이어 바깥에서는 도망치려고 했지. 고함와 함께 뛰는 발소리가 났고, 이어서 자동소총을 당기는 소리가 한참 동안 들려왔어. 우리도 바깥으로 나갔어. 저기 아카시아나무 앞 풀밭에 누워 있었어."

나는 누토를 쳐다보다가 바라카와 목매달려 죽은 그 사람을 마음으로 떠올려보았다. 농가의 무너진 검은 벽을 살피고, 주위를 둘러보고 나는 산티나가 그곳에 묻혔을는지 물었다.

"언젠가 발견될 수도 있지 않을까? 그 두 사람도 결국 발견되었으니까……"

누토는 낮은 담장에 걸터앉아 집요한 눈으로 나를 뚫어지게 보았다. 그는 고개를 가로저었다. "아니야. 산티나는 아니야. 발견되지 않을 거야. 산티나 같은 여자는 땅속에 묻어둘 수 없었어. 아직 너무 많은 녀석들이 그녀에게 욕망을 품고 있었거든. 바라카가 처리했지. 포도밭에서 가지들을 많이 모아 오게 해서 충분할

만큼 덮었어. 그런 다음, 거기에 휘발유를 뿌리고 불을 붙였지. 정
오에는 완전히 재가 되고 말았지. 작년까지도, 들에 불을 놨던 자
리처럼 거기에 불탄 자국이 남아 있었어."

1949년 9월~11월

『달과 불*La luna e i falò*』은 체사레 파베세Cesare Pavese(1908~1950)의 마지막 소설이자 대표작으로 꼽힌다. 그가 1949년 9월 18일에서 11월 9일 사이에 집필하여 1950년 4월에 출판한 작품이다. 파베세는 이 소설을 출판하고 6월에는 이탈리아의 최고 문학상인 스트레가상을 수상함으로써 작가로서 선망의 대상이 되었다. 하지만 그는 주변세계와의 단절감을 끝내 극복하지 못하고 두 달 뒤에 스스로 죽음의 길을 선택했다.

마지막 작품이 되어버린 『달과 불』에는 여러 가지 측면에서 파베세의 자서전적인 요소들과 그가 겪었던 당시의 처절한 심경이 고스란히 스며 있다. 소설은 고향 산토스테파노벨보를 배경으로 하며, 고향의 절친한 음악가 친구가 등장할 뿐 아니라, 주인공 '안귈라'는 파베세 자신의 여러 모습을 반영하고 있다.

소설의 주제는 귀향이다. 하지만 일종의 실패한 귀향이다. 버림

받은 아기로 발견된 사생아 '안귈라'(소설 속 주인공의 별명)는 가난한 농부의 집에 입양되어 어린 시절을 보내고 나서 미국으로 건너갔다가 이십 년 뒤에 성공하여 고향을 방문한다. 그러나 그동안 모든 것이 변하여 그가 오랫동안 꿈꾸던 고향은 이질적인 모습으로 다가온다. 이제 고향은 기억 속에만 존재하는 '잃어버린 세계'가 되어버린 것이다. 그리하여 '안귈라'는 결국 그곳에 뿌리를 내리지 못하고 다시 떠나게 된다. 이러한 주인공의 이야기는 현실 속에서 소통의 장을 마련하지 못한 파베세의 모습을 반영하는 것처럼 여겨진다.

이 소설의 첫머리에는 "C에게 / 무르익는 것이 중요해For C. / Ripeness is all"라는 헌사가 영어로 적혀 있는데, 셰익스피어의 『리어 왕』5막 2장의 구절을 인용한 이 문장은, 당시 파베세가 열렬히 사랑했지만, 그 사랑을 받아들이지 않았던 미국 여배우 콘스탄스 다울링Constance Dowling(1920~1969)을 암시한다. 여러 가지 상이한 의미로도 해석될 수 있겠지만, 무엇보다 사랑을 통해 현실과의 거리감을 극복하고자 몸부림쳤던 파베세의 절망적인 상황을 보여주는 듯하다.

『달과 불』에서 '불'은 여러 상징성을 갖는다. 풍년을 기원하기 위해 들판에 피우는 불로 언급되는가 하면, 주인공의 옛집이자 절름발이 소년 친토가 사는 집을 불타 사라지게 하고 비극적인 죽음을 맞이한 산티나의 주검을 태워 영영 찾을 수 없게 한 불로도 그려진다. 하지만 불타 없어지는 것은 새로운 탄생과 연결되기도 한다. 특히 수확 뒤에 불필요한 찌꺼기를 태우고 남은 재는, 새싹의 기름진 거름이 될 수 있다. 이탈리아어 'falò'는 무엇인가 태우기 위해서나 신호를 보내거나 즐거움의 표시로 야외에서 피우는 큰 불을 가리킨다. 우리말에서 알맞은 용어를 찾기는 어렵다. '화톳불'이나 '모닥불'이라는 용어를 생각해보았으나 정확히 상응하지 않아 포괄적인 의미의 '불'로 옮겼다. 참고로 영어 번역본은 대개 'bonfire'로 옮기고 있다.

『피곤한 노동』과 『냉담의 시』에 이어 파베세의 대표작을 국내에 선보이게 해준 문학동네 식구들에게 감사를 드린다. 번역은 에이나우디 출판사에서 나온 초판을 저본으로 삼았으며, 플린트R. W. Flint의 영어 번역본 *The Moon and the Bonfire* (New York: New York Review Books, 2002)를 참조하였다. 갈수록 메말라가는 세상에서 힘겹게 살아가는 이들에게 파베세의 잔잔한 이야기가 조그마한 위안을 준다면 좋겠다.

2018년 겨울
하양 금락골에서
김운찬

체사레 파베세 선집 03

달과 불

초판 인쇄 2018년 2월 22일
초판 발행 2018년 2월 28일

지은이 체사레 파베세 | 옮긴이 김운찬 | 펴낸이 염현숙
기획및책임편집 고원효 | 편집 홍상희 허정은 송지선 김영옥
디자인 이효진 이주영 | 저작권 한문숙 김지영
마케팅 정민호 이숙재 정현민 김도윤 오혜림 안남영 | 홍보 김희숙 김상만 이천희
제작 강신은 김동욱 임현식 | 제작처 영신사

펴낸곳 (주)문학동네
출판등록 1993년 10월 22일 제406-2003-000045호
주소 10881 경기도 파주시 회동길 210
전자우편 editor@munhak.com | 대표전화 031)955-8888 | 팩스 031)955-8855
문의전화 031)955-2696(마케팅), 031)955-2685(편집)
문학동네카페 http://cafe.naver.com/mhdn
홈페이지 www.munhak.com

ISBN 978-89-546-5048-9 03880

이 도서의 국립중앙도서관 출판시도서목록(CIP)은
서지정보유통지원시스템 홈페이지(http://www.nl.go.kr/ecip)와
국가자료공동목록시스템(http://www.nl.go.kr/kolisnet)에서 이용하실 수 있습니다.
(CIP 제어번호: CIP2018005774)

www.munhak.com